Onrustvlinder

Onrustvlinder

ANNA COUDENYS

Manteau

Vlaams Fonds voor de Letteren Voor dit boek ontving de auteur steun van het Vlaams Fonds voor de Letteren.

Dank je wel voor de onmisbare geschiedkundige hulp: Nele Deklerck, Armand De Loecker, Heidi Deneweth, Noël Geirnaert, Bieke Hillewaert, Yvette Kemel en zr. Kristina Van Wonterghem. Speciale dank aan zr. Kristina Van Wonterghem, die me aan Lowyse Adornes voorstelde, en aan de Sint-Trudoabdij van Male voor de grote gastvrijheid.

© 2008 Uitgeverij Manteau / Standaard Uitgeverij en Anna Coudenys
Standaard Uitgeverij nv, Mechelsesteenweg 203, B-2018 Antwerpen
www.manteau.be
info@manteau.be

Omslagontwerp: Johny Van de Vyver
Vormgeving binnenwerk: 508 Grafische Produkties
Foto achterplat: Koen Broos

ISBN 978 90 223 2257 4
D/2008/0034/126
NUR 284

'Is het de vloek, Luigi?'
'Niet de vloek, Seppe, iets veel ergers.'

Inhoud

Het was de tijd dat de engelen nog tussen de mensen leefden. Ze hoefden zelfs hun vleugels niet te verbergen. Machtige kunstenaars portretteerden hen op metershoge schilderijen, in de kostbaarste kleuren: goud voor hun gewaden, zilverwit voor hun weidse, trotse verenpracht.

Het was de tijd waarin heksen nog kruidenmoeders waren en je van de aarde af kon vallen.

Maar alles kantelde langzaam. Er werd reeds gefluisterd dat de wereld misschien bolrond was en de kruidenvrouwtjes duistere krachten bezaten.

Een tijd van gruwel? Jazeker. Meer dan genoeg voor lange angstaanjagende verhalen. Maar er was ook dat andere: de felle kleuren, het azuurblauw en betoverend rood, zwart dat van git was, het wit van stralend paarlemoer. De heftige geuren, de verpletterende stank, de grootste rijkdom, de bitterste armoede. Dit is de tijd van Lowyse. Op een dag stond ze voor me en nam me bij de hand. Naar haar land, een land in het Midden van de Eeuwen. Ver weg? Toch niet. Doe je ogen open, we zijn er altijd al geweest.

DEEL 1

Verversdijk

IND AUGUSTUS 1469 fladderden vreemde vogelachtige vlinders over de velden van het Brugse ommeland. Ze kwamen mee met de zinderende zon uit het zuiden en kondigden een nazomer aan om nooit meer te vergeten. Het was de nazomer van de treurende Prinses Mary en de zwarte ridder die Boyd heette, van het duivelskind Livina en van de geheimzinnige Luigi die wachtte op de vloek die hem voorgoed zou doen verdwijnen.

Luigi, dat was de naam die de twaalfjarige Seppe aan zijn spichtige vriendje gaf. Spichtig en schichtig: Luigi kwam en ging, niemand wist waarvandaan of waarheen. Hij droeg steevast die veel te grote, gedeukte vilten hoed op zijn magere muizenkoppetje, zodat je zijn gezicht niet kon zien, versleten hozen en een los grauwwit hemd met gaten in de mouwen. Seppe en Luigi liepen op hun blote voeten, laverend tussen de paardendrek, de varkenskeutels en de hondendrollen. Ze pikten fruit van de volgeladen karren die de stad binnenkletterden met hun overrijpe oogst, uitgescholden door de voermannen, achternagezeten door kribbige knechten die tevergeefs volle manden bewaakten, ontsnapten lachend aan een oorveeg van kijvende viswijven. Het was een spannende tijd vol zoetsappige peren, wormstekige appels en grote zwartgele wespen.

Groepjes deftige kooplui voor de Waterhalle, statig zwetend in hun bontkappen en kniehoge laarzen, stonden met peinzende gezichten naar boven te staren, naar de torenspits van het Belfort waarvan de werkzaamheden al veel te lang stil lagen. Het zag er niet uit, zulke lelijke lege gaten in de hoge holle kop van de toren. Dat paste niet voor een stad van stand. Maar sinds er een timmerman bezwijmd door de hitte met een lelijke plof op de markt was neergevallen, had de schout beslist dat de werkzaamheden werden opgeschort tot er weer normale temperaturen heersten en God wist wanneer dat zou zijn.

'Het weer is om zeep!'

'Hier is de duivel mee gemoeid!'

'Zo'n hitte! Braadheet!'

'Maanden en maanden!'

'Sinds Pasen', beweerde er een.

''t Is pas na Sinksen echt erg geworden', wist een ander zeker. Gelukkig bleven de regens komen, anders was het helemaal een ramp geweest.

Iemand meende zich de grote droogte van 1402 nog te herinneren, een ander lachte: 'Toen was jij nog niet geboren!' Maar toch: duivels weer, niet normaal meer...

Aan de stadspoorten doken dagelijks de predikers op, mannen in zwarte gewaden met sombere witte gezichten, die riepen: 'Bekeert u allen, het einde van de wereld is nabij!' Ze spraken van doem en hel, van zonde en onnoembare ontucht, fluisterend soms, en dan weer schreeuwden ze het opeens uit zodat de kleine kinderen die aan de rokken van de godvruchtige vrouwen hingen het op een krijsen zetten van schrik en nog een draai om de oren kregen op de koop toe.

Vlak bij de Kruispoort, voor de herberg De Groene Papegaai, stond de gammele kar van boer Ganzemans klaar.
'Boer Ganzemans! Boer Ganzemans! Mogen we meerijden?'
'Ha, Seppe! Weer op de dool? Weet je vader wat voor deugniet jij bent? En is dat scharminkel er ook weer bij?'
'Luigi? Hij verstaat geen woord van wat je zegt, boer! Geen woord!' Hij stootte zijn vriend Luigi ruw aan. *'Solo blablabla Italiano, amico!'*
Luigi siste tussen de tanden maar stompte niet terug.
'Hoe lang woont dat kind al in Brugge?' mopperde boer Ganzemans. Hij was half blind; er lag een dikke waterige laag boven zijn ogen, alsof hij steeds van onder een diep meer uit moest kijken. Hoe zag hij de wereld? Als een glibberige, in elkaar vloeiende massa van licht, vormen en kleur?
''t Is een schande', klaagde hij, terwijl hij met zijn stok tegen de onwillige flanken van zijn oude muilezel tikte.
'Nieuwkomers moeten Vlaams leren spreken, zeg ik je, anders kunnen ze hier maar beter wegblijven!'
'Luigi is niet goed snik, boer Ganzemans! Hé, Luigi, niet goed snik hè? *No buono snikko!*'

Ze sprongen achterop de kar, Luigi eerst, vederlicht en snel. Seppe klauterde achter hem aan. 'Snoevertje! Op wie probeer je indruk te maken? Toch niet op mij zeker?'
Spitsmuis Luigi stak zijn tong naar hem uit en vanonder de schaduw van de hoed zag Seppe donkere ogen glinsteren.
'Ju, Kallekin, ju!' Kallekin was de naam van boer Ganzemans' vrouw, een kwatong van een wijf die gelukkig voor hem al

jaren geleden overleden was, een bizar ongeluk met de kar, maar de schout had hem het voordeel van de twijfel in plaats van de strop gegeven. Sindsdien sloeg boer Ganzemans met zijn stok op Kallekins billen, niet te hard, een beetje liefkozend zelfs, en Kallekin gehoorzaamde, niet geheel van harte, maar ze deed uiteindelijk wat hij haar vroeg en dat was bij vrouwe Kallekin mooi anders geweest.

Buiten de stadswallen was het heel wat koeler. Boer Ganzemans nam de vertrouwde smalle zandweg tussen de hoge populieren, en niet de drukke met kasseien bedekte heirbaan die naar heel ver weg leidde, naar Maldegem of Gent of nog verder, misschien wel naar Genua, fantaseerde Seppe, wiens vader ooit van Genua naar hier was gezeild om nooit meer terug te keren.

Zodra de stadspoorten uit het zicht waren, hield hij halt, liet Kallekin lustig grazen aan de rand van de weg en ging liggen slapen in de graskant, zijn hoed over zijn troebele waterogen. Er waren witte wolken in de zeeblauwe hemel. Dikke witte wolken, net Gods schaapjes, meende Seppe, maar Luigi zag een vuurspuwende draak en even later wees Seppe een doodshoofd aan en een groot zeilschip. 'Een luchtschip', verbeterde Luigi hem en ze lachten om de gedachte dat een schip in de lucht zou kunnen vliegen als een vogel.

'Er was eens een man die vleugels van was had gemaakt en die op zijn schouders had gebonden', vertelde Luigi.

'Niet waar!'

'Wel waar!'

'En toen, wat gebeurde er?'

'Hij vloog recht naar de zon, zijn vleugels smolten en hij stortte in zee.'

'Hoogmoed komt voor de val', besloot Seppe, 'kijk maar naar wat er met Lucifer gebeurd is!'

'En basta!' Luigi wipte overeind. Hij had er genoeg van. Hij raapte een tak op, het was een vlijmscherp zwaard, zo een die Godfried van Bouillon mee had genomen op zijn kruistochten. Hij gooide Seppe ook een stok toe: 'Hier lafaard, verdedig jezelf!'

Ze renden achter elkaar aan.

'Ik ben Karel, jij bent Elegast, nee, je bent Eggeric!'

Eggeric, slechterik!
Hij sloeg zijn wijf en kreeg de hik!

De zon zette de velden in lichterlaaie. Seppe holde achter zijn vriend aan door de schouderhoge bloemenvelden, duizelend in het felle licht. Luigi kon verbazend hard rennen op die magere beentjes, maar Seppe was de sterkste en de sluwste. Hij liet Luigi struikelen over zijn zwaard. Ze vielen over elkaar heen en verpletterden goudgele bloemen in hun val, vochten een halfhartig robbertje, rollend door de gewillig brekende plantjes.

'Bloed!' Seppes stem was opeens vol angst. Hij hield Luigi's hand omhoog, er zaten rode vlekken op. Er waren opeens overal rode vlekken, op hun hozen en hemden, in Seppes haar, op zijn gezicht.

'De vloek, Luigi!'

'Nee, Seppe, malloot die je bent!' Luigi wreef met zijn hand langs een van de bloemknoppen, die meteen vuurrood zag. Ze sprongen overeind en probeerden het rode stuifmeel van zich af te slaan, maar de kleurstof was al diep in het linnen van hun kleren gedrongen.

'Moeder vermoordt me als ze die vlekken ziet.' Seppe zei het zonder emotie in zijn stem. Hij was al vaak vermoord geweest. 'Je ziet eruit alsof je twintig Saracenen verslagen hebt!' plaagde Luigi. 'Ze pakken ons gegarandeerd op voor ondervraging als we zo bebloed aan de stadspoort komen.' Maar Seppe lachte niet. 'Wat als ze jou echt oppakken?' vroeg hij ernstig. 'Wat ga je hen vertellen als ze je hoed van je hoofd rukken?'

Luigi was sneller dan Seppe bij de beek, trok zijn kleren uit, raakte verstrikt in de koordjes van dat onhandige hemd, gooide alles in het water.

Seppe stond hijgend naar zijn vriend te kijken.

'Waar wacht je op? Straks is die viezigheid helemaal in je kleren getrokken!'

Seppe bleef staren. Luigi bedekte snel zijn bovenlijf met zijn armen. 'Hou er mee op, Seppe! Straks knallen je ogen nog uit je kop! Kijk een andere kant op als je er niet tegen kan!'

Luigi's hart roffelde en dat was niet van het rennen alleen.

Met kleddernatte maar schone kleren weer aan het lijf, holden ze zichzelf droog. Hollen en hijgen tot je longen barstten, tot je erbij neerviel en niet meer hoefde te denken aan wat er bij de beek gebeurd was, niet hoefde te bedenken dat alles binnenkort misschien voorgoed voorbij zou zijn...

LUIGI ZAG HET VREEMDE DIER het eerst. Het fladderde van bloem tot bloem aan de rand van een meekrapveld. 'Wat een raar vogeltje, zie je 't? Hoe 't zijn vleugeltjes beweegt, het lijkt of het stilstaat in de lucht, kijk, kijk, het eet van de bloem als een bijtje!'

Ze hoorden het zingende zoemen van zijn flinterdunne vleugeltjes, slopen dichterbij en zagen het diertje van de nectar drinken met een minuscuul tongetje. De vleugeltjes, van rood tot roestbruin, waren te dun voor de vleugels van een vogel. Zijn lijfje was behaard, maar zonder de veren die bij een echte vogel hoorden.

'Wat is dat voor een beestje?' vroeg Seppe.

Het zag er niet echt mooi uit, hoewel het mooi danste; het had iets van een nachtvlinder, het had iets lugubers, alsof het niet echt in dat zonnige veld thuishoorde maar in de diepste donkerste nacht.

Seppe hield zijn handen wijd open aan weerskanten van het beestje, klaar om toe te slaan.

'Niet doen!' Luigi duwde Seppes handen weg, zodat het diertje schrok en omhoog schoot als een libel.

'We zullen aan boer Ganzemans vragen of hij weet wat voor beest het is', suggereerde Seppe.

'Wat voor zin heeft dat? Hij ziet geen steek!'

Seppe kriebelde met een grashalmpje onder de briesende neus van de boer. Af en toe stokte zijn adem. Hij was oud, stokoud.

'Stel je eens voor dat hij nu doodging, wat dan?'

'We zouden hem achterin de kar moeten leggen en zelf de stadspoort binnenrijden. Seppe, jij zou het alléén moeten doen, want de poortwachter zou vragen wie ik ben.'

'Wie ben je, ventje?' bootste Seppe de zware stem van de

poortwachter na. 'Waar woon je, ventje?' Seppe kriebelde nu
met het grashalmpje onder Luigi's neus, maar Luigi sloeg het
uit zijn handen en drukte zijn breedgerande hoed weer diep
over zijn hoofd.

Boer Ganzemans niesde en schoot overeind, keek verdwaasd
om zich heen met zijn mistige ogen.

'Dat is geen vogeltje', zei hij toen hij Seppes beschrijving had
gehoord. 'Zo'n klein kriebelding, veel groter dan een bij, veel
kleiner dan een winterkoninkje? Dat is de meekrapvlinder,
de onrustvlinder noemen ze hem soms ook. Hij houdt van
meekrap en van gloeiendhete zomers zoals deze. Is het tijd
om te gaan?'

Seppe zweeg. Luigi haalde weer zijn schouders op. De zon
stond nog hoog, maar geen van beide vrienden wilde blijven,
niet na dat avontuur met de rode bloesemvlekken, al zouden
ze dat niet aan elkaar toegeven. Er hing een doem over deze
stralende namiddag, een doem gedrenkt in bloed.

'Vooruit met de muilezel.' Boer Ganzemans kwam moeizaam
overeind. 'Kallekin, kom hier, kom hier zeg ik je! Help mij
eens met dat koppige beest, jongens. Kallekin hier, verduveld!

Bij de brug naar de Kruispoort stond een eindeloze rij karren
te wachten. Het leek alsof iedereen precies vandaag zijn oogst
de stad wilde binnenbrengen. De poortwachters liepen
gewichtig van kar tot kar, controleerden uitgebreid de
vrachten en stelden achterdochtige vragen. De trekdieren
loeiden, de voerlui gromden van ergernis.

'Haastige spoed is zelden goed', mompelde boer Ganzemans.
Hij boog zich diep voo rover om de geur van het vrachtje lange
bruinrode wortelstokken in de kar voor hen op te vangen.
'Hee, makker, is dat meekrap in je kar? Gedroogd en al?

Je bent er veel te vroeg bij dit jaar!'

De magere man in de kar voor hen haalde zijn schouders op.

'Droog is droog!'

Hij had vuurrood haar dat fel afstak tegen zijn witte, bijna vleesloze gezicht. Een doodshoofd met een brandend braambosje erop.

'Waar moet dat heen?'

'Hof Adornes, waar anders!'

'Ah, de Adornes! Schoon volk! Schoon en hoog! En toch moeten werken voor de kost! Waar is de tijd gebleven dat een ridder op zijn gat kon zitten!'

'Mijn gat is bijna versleten!' snauwde magermans. 'Dat blijft hier maar duren!'

Luigi stootte Seppe aan en wees naar het smalle voetgangersbrugje, een paar passen verder. Seppe begreep het meteen.

'We moeten maar eens gaan, boer Ganzemans. Saluut en de kost!' Ze sprongen van de kar af en renden via de voetgangersbrug de stadspoort binnen. De wachters hadden geen oog voor de twee haveloze kereltjes op blote voeten en met lege handen.

DE KLOKKEN VAN SINT-WALBURGA beginnen te luiden precies op het moment dat Lowyse, zevende kind en derde dochter van Margareta van der Banck en Anselm Adornes, heer van Cortuy en ridder in de Schotse Orde van de Eenhoorn, via het zijpoortje de binnenplaats van Hof Adornes komt oprennen. Ze telt de slagen: één, twee... zes. Laat! Heel laat!

Er is heel wat commotie op de grote, bekasseide binnenplaats: werklui zijn onder toezicht van de meesterknecht bezig zware rollen Engels laken af te laden. Een kar met meekrap staat er ook al. De graatmagere voerman schept de meekrapwortel van de kar en gooit ze in klaarstaande tonnen. 'De beste kwaliteit roodwortel van het hele Brugse ommeland!' snoeft hij tegen de anderen. 'Komt helemaal uit Odegem bij Sint-Trudo! Zo'n vurige roodwortel hebben ze alleen bij de kloosterzustertjes! Bijna even rood als mijn haar!' Hij buldert om zijn eigen grapje.

Gandulf, Pierke en Anton zijn aan het tollen op de traptreden naar het woonhuis.

Pierke, de oudste van het drietal, schreeuwt Lowyse toe: 'Ben je daar eindelijk? Margriete zoekt je al een halve dag! Ze vilt je levend! Heer Pieter...'

Lowyse weet genoeg: het portret! Ze is haar portret vergeten!

'Ludovica!' Daar staat haar oudste zus Margriete al op het bordes. Handenwringend maar beheerst. Haar wangen blozen en haar hoedje staat een beetje scheef, waaraan je kunt merken dat ze klaar staat om over te koken. En ze heeft Lowyse Ludovica genoemd. Dat heeft ze van vader en die noemt haar zo als hij erg ontstemd is.

De werklieden op de binnenplaats stoppen even met uitladen en kijken op naar de knappe jonge vrouw op het bordes. Ze knikt hen toe.

'Goedendag, mevrouwe!' roept magermans. 'Mooie meekrap uit Odegem voor vrouwe Adornes!'

Ze wuift verstrooid en trekt Lowyse snel mee naar binnen, maar zelfs wanneer de deur achter hen dicht is, blijft ze heel beheerst praten. 'Heer Pieter heeft daar uren op jou zitten wachten.' Ze wijst naar de gesloten deur van de voorkamer. 'Je wist toch dat hij vandaag zou komen om je portret af te maken?'

Het o zo belangrijke portret, dat deel uitmaakt van Lowyses bruidsschat, hoe kan ze zoiets ooit vergeten? Dat schijnen de boze ogen van Margriete te zeggen.

Lowyse maakt aanstalten om naar binnen te lopen, maar Margriete houdt haar zusje tegen. 'Te laat! Heer Pieter is met vader vertrokken naar de vergadering van de Broederschap. Pas jij op de kleintjes? Ik moet dringend naar moeder toe.'

Moeder ligt in de groene kraamkamer te wachten op haar dertiende kind. Of: nummer zestien, als je de twee dode zusjes met de naam Elisabeth en het ene dode broertje ook meetelt.

Lowyses oudste broer heet Jan, maar ze herinnert zich niet meer hoe hij eruit ziet, zo lang is hij al het huis uit. Haar andere broers spreken oneerbieding over Jan als "het Paterke", omdat Jan als eerstgeboren zoon aan God is opgedragen. Jan was nauwelijks tien toen vader hem de tonsuur liet zetten: een ronde kring van kaalhoofdige heiligheid. Die kale plek op zijn kruin heeft wondere deuren geopend: onze Jan in Parijs, onze Jan in Italië... Vader en moeder lopen naast hun puntschoenen van trots als er weer eens een brief meekomt met een van de schepen uit het zuiden. Als er zo'n groot, opgerold vel papier arriveert met daarop een stevige plak rode zegellak, dan wordt iedereen bij elkaar geroepen in de voorkamer, dienstmeiden en knechten incluis, en eerst zegt vader dan een gebed, *in nomine patris et filii*, in naam van zichzelf en Jan, en luistert iedereen naar de verbazingwekkend ingewikkelde mikmak van woorden die rond zichzelf schijnen te draaien als serpenten rond hun eigen staart en maar één ding willen zeggen: kijk eens hoe mooi we zijn, kijk eens hoe mooi.

Zie haar hier nu eens staan als een zoutzuil, Lowyse Adornes, bijgenaamd Ludovica, bijgenaamd Wieske, dochter nummer drie, bijna twaalf en bijna getrouwd.

't Is etenstijd voor de kleintjes: voor Pierke en Anton en Maaike, voor Gandulf en Betkin. Ze hoort de keukenmeiden met banken en schragen slepen. Als alles niet vlot genoeg verloopt, zullen ze geërgerd zijn en scheve hompen van het brood afsnijden in plaats van mooie rechte sneetjes, en de pap zo hard in de nappen pletsen dat het eruit spat. Dat zal Margriete dan weer overstuur maken als ze binnenkomt om te controleren of iedereen doet wat hij moet doen en is waar hij hoort te zijn. Dus kan Lowyse maar beter de kleintjes bijeen gaan rapen en zorgen dat ze hun handen wassen in het bekken in de nis bij de keuken en ze netjes afdrogen. Het zal een gegil, geduw en gestomp zijn van jewelste, terwijl het nu even stil is, zo heerlijk stil.

Heerlijk stil? Veel te stil. Ze wenst dat ze iemand heeft om mee te praten.

Lowyse mist haar jongere zusje Elisabeth dat drie jaar geleden gestorven is. Met Elisabeth kon ze eindeloos babbelen en spelen, ze was Lowyses liefste levende knuffelpop, haar allermooiste schat. Niet aan Elisabeth denken! Niet! Dan komen de tranen, dat mag niet! Kinderen sterven nu eenmaal, dat is zo, God heeft ook kleine, lieve engeltjes nodig in de hemel.

Je hebt toch Katelijne nog, Lowyse? Die is maar een jaartje ouder dan jij. Devote, doemdenkende Katelijne, ze komt deze herfst terug. Vlak na de dood van Elisabeth had de hertogin van Gloucester Katelijne meegenomen naar Engeland. Katelijne had tegengestribbeld als een dolle hond, maar het moest want moeder werd gek van haar gefluister. Ze zei immers hardop wat iedereen dacht: de naam Elisabeth is verdoemd! De tweede zus Elisabeth was bijna even oud geweest als de eerste toen ze stierf, dat kon geen toeval meer zijn... Geef toe, geen praat voor een kind. Het werd moeder allemaal te veel: ze was immers reeds zwanger van de nieuwe Elisabeth, die iedereen Betkin zou noemen om het onheil van haar naam af te weren.

Betkin, moeders lieveling, Betkin, nu een tweejarig heet-hoofdje dat schreiend op Lowyse komt toegerend, want Pierke heeft haar lappenpop stukgetrokken.
'Moe! Betkin wil moe!' En ze klautert de wenteltrap op naar boven. Lowyse probeert haar tegen te houden. 'Kom naar beneden! Laat moeder met rust!'
Maar Betkin heeft het groene gordijn naar de kraamkamer al opengetrokken, in het vale schemerduister blijft ze maar gillen: 'Moe! Moe!' Tegelijkertijd begint een ander gegil, hoog en schril, uit de bedstee waarin moeder zou moeten liggen. Margrietes stem. Kalm. Vastberaden. 'Ga weg met dat kind, Lowyse! Stuur een van de jongens naar de vroedvrouw. En laat de keukenmeid water en doeken brengen. Rap een beetje!'
Zou ze er ditmaal bij mogen zijn? De vorige keren was er altijd wel iemand geweest die haar wegstuurde zodra het zover was, als moeder steunend op de schouders van twee potige buur-

26

vrouwen neerhurkte, haar benen wijd open gespreid, haar hemd als een tent om zich heen. Onder die tent kroop de vroedvrouw alsof ze een spelletje verstoppertje zou gaan spelen. Vier buurvrouwen staan er al.

'Ik zorg wel voor de kleintjes, Wieske', zegt een van hen gemoedelijk. Lowyse herkent de vrouw van Tonio Ginelli, de roodverver uit Genua die in Huyze Vyncke woont.

De andere drie vrouwen gaan naar boven, Lowyse achter hen aan.

'Waar blijft de vroedvrouw toch!' Margriete is haar kalmte aan het verliezen.

'Hier, hier ben ik!' De vroedvrouw, de mouwen van haar jurk al opgerold, ogen blinkend van gretigheid, met in haar kielzog de keukenmeid met de doeken en nog een meid met een kom water. Ze stompen Lowyse opzij.

'Lowyse! Jij hebt hier niets te zoeken!' En Margriete trekt het gordijn voor de neus van haar jongere zus dicht.

'HONGER? KOM MEE! Er is vast nog wel een stuk brood over
en een restje soep.'

In de grote keuken van Huyze Vyncke graaide Seppe, de
jongste zoon van Tonio Ginelli, een houten nap van de
schapraai en doopte die in de pot die naast het haardvuur
stond. Hij vond een korst brood, duwde hem samen met de
druipende nap in de hand van zijn vriend. Luigi haastte zich
naar buiten.

'Je hoeft je niet te verstoppen, moeder is...'

'Seppe! Weer aan het lanterfanten? Hier, help je broers die
tonnen uitladen in het stamphuis. En voorzichtig met dat
spul, het is zo broos als iets, niet gooien ermee! We moeten er
een verdomd groot pak laken mee geverfd krijgen. Die vrek
van een Adornes beweert dat er meer dan genoeg is, maar als
je 't mij vraagt... slechte kwaliteit dit jaar, veel en veel te vroeg
geoogst, kurkdroge sprietjes wortel, daar zit geen druppel
rood te veel in... en waar is je moeder? Ze had beloofd dat ze
de olielampen zou nakijken. Als we vannacht nog willen
stampen...'

'Hiernaast, bij de Adornes, vader. Vrouw Adornes krijgt nog
een kind, zeggen ze.'

Hij keek opzij of Luigi zijn woorden gehoord had, maar zijn
vreemde vriendje was nergens te bekennen.

'Zeggen ze, zeggen ze! En je moeder moet er weer met haar
neus bovenop gaan staan kijken als een koe op een ei!'

Vader stevende weg, naar de paardenstal. De beesten moesten
genoeg te eten hebben om vannacht het zware werk in de
rosmolen aan te kunnen.

Seppe floot op zijn vingers. Luigi kwam als een duveltje
vanachter een hooiberg gesprongen, gooide Seppe de lege
nap toe en veegde met de rug van zijn hand zijn lippen af.

Seppe keilde de kom in de richting van de keuken, waar ze onderschept werd door een rozige big die er meteen snuffelend zijn snoet in stak. 'Stevig soepje, dat kunnen we wel gebruiken, 't zal een lange nacht worden!' Meekrap stampen, een hele nacht meekrap stampen! Tjoempe tjoempe tjoemp! Tot je er gek van werd, je vingers in je oren stopte, tot al de arme sukkels uit de buurt die op hun strozak lagen hartgrondig wensten dat ze ergens anders waren, hun hozen en hemd weer aantrokken en naar het stamphuis kwamen kijken, naar de hijgende paarden, naar Tonio Ginelli die met zijn zweep in de hand het ritme aangaf en de zware stampers die op en neer gingen in een eiken bak vol met meekrap, tjoempe tjoempe tjoemp. Alles was beter dan wakker liggen met dat tjoempe tjoempe tjoemp waardoor de houten vloer onder je lag mee te trillen tot je 't in je hersenpan nog voelde mee bonken, lang nadat de rosmolen was opgehouden met draaien.

'Kan je blijven, vannacht?'

Luigi haalde de schouders op. 'Misschien. Hangt ervan af...'

Seppe vroeg niet waarvan. Hij had allang geleerd niet nieuwsgierig te zijn naar Luigi's doen en laten.

'Gottenere, gottenere!' Handenwrijvend kwam vrouwe Ginelli het erf opgestoven. ''t Wil er niet uit, 't wil er niet uit! Meekrap, snel! Seppe, sta daar niet zo te lanterfanten en haal me een handvol meekrap uit een van die tonnen!'

Tonio kwam uit de paardenstal vandaan. 'Hoor ik dat goed? Een handjevol meekrap? Ga je je eigen roodververijtje beginnen, vrouwtje?'

'De weeën zijn stilgevallen, ze verliest bloed! Meekrapthee, dat sterkt aan en wekt de weeën op! Moet ik je dat nu allemaal uitleggen, Tonio Ginelli?'

Ze rukte de meekrapwortels uit Seppes hand en ging ermee vandoor. 'Bid voor het arme mens! Ze heeft het broodnodig! Je zou denken dat het bij haar zestiende kind toch wat vlotter zou gaan!'

'Zestien! Mijn beste varken kreeg er zestien in één worp en daar werd niet zo'n spel van gemaakt!'

Er stond die nacht geen maan aan de hemel en dat was maar goed ook, want versgemalen meekrappoeder kon geen licht verdragen, anders verloor het zijn magische kracht waarmee Tonio Ginelli dat diepe, warme rood op het Engelse laken van Anselm Adornes toverde.

Eenmaal vermalen zou hij het poeder zorgvuldig in afgesloten tonnen in de donkerste schuur bewaren, opdat het rood niets van haar felheid zou inboeten voor het gebruikt werd.

Rood was de mooiste kleur, daar waren Seppe en Luigi het over eens. Blauw was maar niks, blauwververs waren hooghartige stinkende prutsers die op hun verfkruid moesten piesen, zoals die van ververij Den Engel op de hoek die dachten dat zij 't voor 't zeggen hadden omdat hun wede toevallig eerst op het laken moest als je een bruine of zwarte kleur wilde.

Terwijl in het nachtelijke duister, alleen verlicht door het zwakke schijnsel van de olielampen, de paarden rondjes liepen in het rad, de stampers op en neer gingen en half Brugge deden daveren, de buren luid schreeuwend commentaar stonden te geven in de opening van de schuur, kruiken bier en wijn van mond tot mond gingen en kinderen uit de buurt verstoppertje speelden in het hooi omdat er van slapen toch geen sprake was, lag in het buurhuis Margareta van der Banck, vrouw van Anselm Adornes, krijtwit weggetrokken naar haar pasgeboren dochtertje te staren. In de geboortekamer hing een doordringende stank van drek en bloed, en dat eeuwige stampestampe, ze sloeg haar handen tegen haar oren en de vroedvrouw nam vol afkeer het krijsende wezen van de grond, gooide het hardhandig in de wieg, knielde neer en bad: Oh, heilige Cyriacus, gij die de duivel aan een ketting kon houden, kom ons te hulp en verlos ons. De andere vrouwen vielen ook op de grond, bedekten hun hoofd met hun handen, smeekten tussen hun tranen en onverstaanbare gejammer door: heilige Cyriacus verlos ons, heilige Cyriacus verlos ons van dit duivelskind...

'Tonio? Tonio Ginelli?' Ze moesten hard schreeuwen om gehoord te worden en dichterbij kwamen ze niet. De drie mannen met toortsen in hun hand bleven op vijf grote passen afstand van de schuur wachten. Het zou levensgevaarlijk zijn om met open vuur binnen te komen. Eén vonkje en de meekrap stond in lichterlaaie, zo ontvlambaar was het spul. De rosmolen viel stil, Tonio had de stem van zijn werkgever, Anselm Adornes, herkend en snelde naar buiten. Stilte, een plotse stilte, alleen doorbroken door de stemmen van de mannen die nu opeens veel te hard klonken.

'Uw dochter Lowyse? Niet gezien, heer. 't Kan best dat ze hier ergens rondloopt, de hele buurt is op de been vannacht.'

Seppe, die van de gelegenheid gebruik gemaakt had om een nog halfvolle kroes wijn te pakken te krijgen, duwde die snel in Luigi's handen en haastte zich naar buiten.

'Ik denk bij de fontein, heer,' kwam hij ertussen. 'Er waren meisjes aan het spelen bij de fontein op het Sint-Maartensplein.'

'Misschien vinden we haar daar', opperde de man links van Anselm Adornes. Hij was lang en mager en droeg een vreemde hoed met veren die hem het uiterlijk gaf van een buitenlander. Net zoals zijn gezellen had hij nog het zware halssnoer van de Broederschap om zijn hals.

'Als je haar ziet, stuur haar onmiddellijk naar huis! Eens kijken of we het verloren schaap bij de fontein terugvinden.'

Pieter Christus, dat was de volledige naam van de man met de verenhoed. Een bekend ambachtsman, een portretschilder, was hij niet bezig met een beeltenis van jonkvrouw Lowyse? Wie was die derde, die zich wat afzijdig hield maar ondertussen de ogen goed de kost gaf? Een knappe, rijke heer, geheel in het zwart gekleed, met een moderne haarsnit die halfweg zijn nek kwam en ook zijn voorhoofd bedekte, een echt Hertog Karel-kapsel. Hij was een jonge man nog, waar kenden ze die gelaatstrekken toch van? Was dat de nieuwe bankier van De Medici niet? Tommasso Portinari! Niet te geloven! De eerste keer dat ze hem van zo dichtbij konden bewonderen. Een vermogend man, een machtige man, tien keer machtiger nog dan Adornes. Ook een Genuees? Nee, uit Firenze. Die Florentijnen waren niet te onderschatten. De opmerkingen zoemden heen en weer, terwijl Tonio klikkend met zijn zweep terug naar het rad beende, mopperend om de verloren minuten. Straks werd het al weer licht en was hij nog niet klaar, dat zou pas een ramp wezen. Hoe langer het duurde, hoe meer de meekrap aan verfkracht verloor en wie zou daar dan de schuld van krijgen? 'Luigi?' Seppe siste de naam van zijn vriend, maar wist dat hij nergens meer te vinden zou zijn.

VADER PAKT LOWYSE BIJ DE HAND en neemt haar mee naar huis. Geen vragen, geen verwijten. De meisjes bij de fontein hervatten hun wilde rondedans op de cadans van de stampers. Tjoempetjoempetjoemp, tjoempetjoempetjoemp! 'Je stinkt en je kapje staat scheef', plaagt hij als ze via het zijpoortje in het steegje het hof Adornes binnenkomen. ''t Is geen gezicht voor een jonkvrouw. Als je haar eens zo portretteerde, wat denk je, Pieter?' 'Ik zal al blij zijn indien ik haar ooit nog voor mijn schilders- ezel krijg', merkt de lange man met lijzige stem op. 'Waar was je vanmiddag, kind? Ook aan het dansen bij de fontein?' Ze kijkt naar de grond en maakt een kniebuiging. 'Het spijt me, heer Christus.' 'Al die vers aangemaakte verfjes die ik heb mogen weggooien, ik denk dat ik je vader ze allemaal laat betalen! Dat zal je een paar groten kosten, vriend Anselm!' De drie mannen nemen afscheid van elkaar in opperbeste stemming, zoals meestal na een bijeenkomst van de Broeder- schap. Die eindigen immers traditiegetrouw in herberg De Croone, vermaard om zijn uitstekende wijnen.

Lowyse is niet bang voor vader. Hij is vriendelijker en zachter tegen haar dan tegen een van zijn andere kinderen, al weet ze niet waarom. Misschien omdat ze vragen stelt, misschien omdat ze geïnteresseerd is in alles waarin haar broers en zussen niet geïnteresseerd zijn: vaders landkaarten, zijn boeken, zijn reizen, zijn verhalen over het woeste, ruige Schotland en over de jonge koning James die hij als zijn eigen zoon beschouwt. Er zijn zoveel redenen om apetrots te zijn op vader.

Het meest houdt ze ervan als ze mee mag voorop vaders paard naar de haven in Damme, waar de grote zeilschepen aanmeren.

Hij spreekt er in vreemde talen met de zeelui, Genuees, Florentijns of Schots, terwijl zijn meesterknechten de ladingen kostbaar aluin of laken controleren waarmee de ambachtslui op de Verversdijk wonderen zullen verrichten.

Op de terugweg gaan ze langs bij de Portugese koopman Magelaes in dat grote stenen huis aan de Koolkerkse Poort. Ooit was hij kapitein van een karveel dat op Afrika voer. Vaak zit vader samen met hem de landkaarten te bestuderen.

'Pas op bij de rand van de wereld, want daar val van je af! Als je al niet eerst door de draken bent opgegeten...', plaagt hij zijn dochter dan.

Magelaes vindt zoiets onzin, maar hoe het dan wel precies zit met de rand van de wereld kan hij niet uitleggen.

'De wereld moet toch ergens ophouden?' Dat is vaders redenering.

Daar is Magelaes het niet mee eens. 'Ik heb een kaart gezien waarop de aarde als een ronde bol stond afgebeeld', vertelt hij.

'Met mensen op de boven- én de onderkant!'

Vader plaagt: 'Vielen ze er niet af?'

'Een vlieg valt toch ook niet van een appel?'

Daar moet vader hartelijk om lachen.

Iedereen kent Lowyse. Ze mag overal met vader mee naartoe.

Hij zegt tegen Magelaes: 'Ze is geïnteresseerd en vlug van geest, als ze nu nog een jongen was...'

'Dochters...' Magelaes schudt zijn hoofd en rolt de kaart zorgvuldig op tussen zijn dikke worstenvingers. Het zweet parelt aan de rand van zijn ringen. De robijn aan zijn rechterwijsvinger bloedt doorzichtige druppels.

De rand van de wereld... Lowyse probeert het zich voor te

stellen, daar waar de horizon ophoudt horizon te zijn. Als je er te dicht bij komt, val je er af! Er zijn zeelui die het met hun eigen ogen gezien hebben, ze slaan hun oorlam achterover en in hun ogen is wanhoop en opluchting tegelijk omdat ze als bij wonder ontsnapten aan de zwarte afgrond maar dat nooit meer kunnen vergeten.

Lowyse zou graag ook eens op de rand van de wereld staan en naar de diepte kijken, terwijl ze zich stevig vasthoudt aan vaders hand. Ze houdt ervan op de wiebelige houten boten te staan, veilig naast vader. Hij slaat een zeeman op zijn schouder en zijn lach weergalmt in de hemelkoepel en in het gekrijs van de meeuwen.

De laatste tijd neemt vader haar veel minder mee dan vroeger. Hij zegt dat ze nu te groot wordt om voorop te zitten maar net zo goed als hij, weet Lowyse dat het de echte reden niet is.

DE EIKENHOUTEN DEUREN en de stenen muren kunnen het geraas van de rosmolen niet buiten houden. Door ramen, kieren en spleten komt het naar binnen gewaaid en legt een donderende deken over de wanhoop die in het grote huis hangt.

Ze staan allemaal te wachten. Betkin zit op de arm van Margriete, haar nachtmuts hangt scheef en ze wrijft met haar kleine knokkeltjes in haar oogjes tot ze vuurrood zien. De jongste jongens staan bijeen getroept en weten met zichzelf geen raad. Lowyse ziet hoe Pierke zijn bikkels door zijn vingers laat glijden, Antons handen zoeken steeds weer zijn mond op en Gandulf rolt zijn hemd op en neer langs zijn bolle buikje. Maarten, Arnout en Anselm junior, de drie oudste jongens, staan afzijdig alsof ze niet van plan zijn om mee te doen met heel dat vrouwentumult. Maar Lowyse merkt ook de angst in hun ogen, terwijl ze aan de hand van vader het groepje nadert.

Vader beent meteen de wenteltrap op, zonder Lowyses hand los te laten. Weer is er Margriete die haar zusje tegenhoudt. Margrietes ogen zijn ook rood, ziet Lowyse nu.

'Is moeder dood?'

Margriete schudt het hoofd. 'Er is iets met het kind... het is misvormd... geen mens...' Verder komt ze niet, want in de kraamkamer horen ze nu de boreling krijsen, de barse stem van vader, de jammerklachten van de vroedvrouw. Alleen moeders stem ontbreekt.

'Ik wil naar moeder', probeert Lowyse opnieuw.

'Ikke ook!' De kleine Betkin wurmt zich uit de armen van Margriete en klautert de eerste treetjes op.

Opeens staat vader voor hen. Zijn gezicht is een masker.

'Niemand gaat naar boven!' Hij hoeft zijn stem niet te

verheffen. Betkin rent de trap af en verstopt zich onder Margrietes rokken. Lowyse blijft stokstijf staan. 'Jij ook niet, Ludovica!'

Hij grijpt Lowyse weer bij de hand. Te hard, maar ze geeft geen kik. 'We gaan bidden, met z'n allen. Naar de kapel!' Vaders brede, kordate pas. Daarachter het geschuifel van zovele blote voeten. De jongens kunnen het zelfs op zo'n plechtig moment niet laten en duwen de meisjes vooruit tot ze bijna struikelen. Margriete snauwt. Vader doet de luiken van het huiskapelletje open, slaat een kruis bij de aanblik van de immer glimlachende, vredige Moeder Maria en knielt neer. Ze doen hem na, alle elf knielen ze met vader mee op de koude stenen. Moeder Maria, bid voor ons, heilige Cyriacus bid voor ons. Moeder Maria... Lowyse kijkt naar Haar op, hoe ze glimt van vreugde met dat wonderkind op haar schoot. Hij heeft niets van een baby behalve zijn gestalte, is al helemaal perfect maar moet alleen nog een beetje groeien. Niet zoals het kind daarboven in de kraamkamer. Een duivelskind, een wisselkind. Heeft het hoorns, heeft het een staart? Is het zwart en sissend geboren?

Het dertiende kind van Anselm Adornes en Margareta van der Banck. Een duivels getal, hoe kan het anders dan dat er een duivels kind uit verwekt is?

Livina. Het monstertje krijgt een naam, het monstertje wordt gedoopt. In de hoop het minder duivels te maken? De priester sluipt binnen langs de achterdeur. Hij heeft geen dienaren bij zich en kijkt om zich heen alsof hij van plan is om een halszaak te plegen. Hij staat er al meteen na het gezamenlijke gebed. Margriete jaagt alle kinderen naar de slaapstede, maar Lowyse blijft als enige treuzelen aan de trap, ziet hoe het

gordijn opzij wordt geschoven en vader en de priester als
dieven naar binnen glippen. Dan begint het gekrijs opnieuw
en vermengt het zich met het gedaver van de rosmolen tot een
helse kakofonie.

Lowyse trekt haar slaapmuts zo ver mogelijk over haar oren.
Het lawaai dringt tot diep in haar vezels. Van slapen is geen
sprake, maar ook niet van opstaan. Margriete heeft zich extra
dicht tegen haar aan gedrukt, haar ijskoude voeten tegen de
hare, alsof ze zich ervan heeft willen vergewissen dat haar zusje
geen vin zou verroeren zonder haar medeweten. Aan de diepe
zuchten hoort Lowyse dat haar oudste zus ook niet slaapt.
Kleine Betkin is helemaal overstuur en blijft maar huilen om
moeder, kruipt ten slotte in een bolletje tegen Lowyses buik
aan. Lowyse voelt zich een beetje alsof ze zelf in een rosmolen
is terechtgekomen. Ze heeft het veel te warm en kan nauwelijks
bewegen met haar beide zusjes tegen haar aan geklit.

Het stampen houdt pas op tegen het eerste hanengekraai en
ook het krijsende wezen dat nu Livina heet, zwijgt.

Nu duwt Lowyse het warme naakte lijfje van haar jongste
zusje van zich af, klautert over Margriete heen, glipt voorzichtig tussen de gordijntjes en springt uit het hoge bed.

Alles is stil in de groene kraamkamer. In het halfduister ziet
ze moeder in de beddenkoets liggen, bedekt met een witte
linnen doek. Ze heeft geen nachtmuts op en even is Louise
bang dat ze toch gestorven is, maar dan hoort ze de zachte
rochel in haar keel, ziet ze de mond bewegen bij elke adem-
haling. Moeder heeft een kruisbeeld in haar hand, een
zilveren. Ze houdt het zelfs in haar slaap stijf tussen haar
vingers geklemd, houdt zich eraan vast als een drenkeling aan
een stuk hout.

Waar ligt het kind? De houten kribbe waar ze allemaal in hebben gelegen als boreling, de houten kribbe met de grappige wiebelvoet, staat niet op zijn gewone plaats naast moeders bed. Lowyse vindt hem helemaal in de hoek van de kamer. Over de kribbe ligt ook een doek, zodat het lijkt alsof er niemand in ligt. Lowyse trekt hem er voorzichtig af. Haar nieuwe zusje is naakt, niet ingebakerd zoals het hoort. Ze ziet een vreemd klein lijfje en een gigantisch hoofd met een halfopen mond waaruit de tong naar buiten hangt. De magere armpjes en beentjes bewegen spinachtig op en neer alsof ze een eigen leven leiden, onafhankelijk van het lichaam. Slaapt het? De oogjes zijn gesloten en Lowyse is opgelucht dat ze haar verdoemde zusje niet hoeft aan te kijken. Ze slaat een kruisteken, en nog één en nog één. Moeder Maria bid voor ons, heilige Cyriacus bid voor ons... In een opwelling neemt ze het doek en drukt het hard over het hoofd van het monstertje. Weg ermee, weg ermee! Opeens zet het wisselkind de keel open en laat een angstaanjagende schreeuw. Lowyse zet het op een lopen, haar handen tegen haar oren.

Seppe zat met roodomrande ogen in zijn houten nap te staren. 'Ben jij het, Luigi? Zo vroeg op? We zijn nog maar net klaar met stampen. Wat een nacht!' Zijn moeder stond op het binnenplein luidruchtig te kletsen met de buurvrouwen. Ook zij hadden de hele nacht geen oog dicht gedaan en hun stemmen zaten nog voller van venijn dan anders.

Seppe duwde zijn vriend een volle kom en een lepel in de hand. 'Ik heb er een extra schep zout in gedaan voor jou, hier, eet!' Luigi hoorde hem niet. Het gesnater van de vrouwen vulde zijn oren. 'Een duivelskind', zei de ene, 'een monster', zei de andere, 'het vloekte toen het geboren werd en had een teken tussen de ogen...' Maar Maria Ginelli schudde het hoofd. 'Vrouwe Margareta is gewoon te oud voor kinderen,' zei ze sussend, 'ik heb het eerder zien gebeuren: als ze eenmaal de veertig voorbij zijn, gaat er vaak iets mis van binnen en wordt het kind als een half monster geboren. Oude vrouwen zouden geen kinderen meer mogen krijgen, dat is tegennatuurlijk.' De andere buurvrouwen hadden meer plezier in het duivels-verhaal. 'En wie gaat dat voeden?' vroeg er een. 'Er is toch geen enkele min die...' 'Natuurlijk niet!' En ze lachten allemaal tegelijk, een kakelende, alleswetende lach.

Het krijsen en bidden in Seppes buurhuis houdt pas na een volle week op. Een week van priesters met kwispels en ongelooflijk veel wierook. Ze spreken bezweringen uit en kijken somber, terwijl Livina Adornes ligt te verhongeren in haar kribbe en de kreten van onder het doek steeds zwakker worden. Over één ding zijn de godgeleerden het eens: had ons Here zelf geen elf trouwe apostelen gehad? Waren ze samen niet met twaalf geweest? Een goddelijk getal, twaalf. En wie was de dertiende van het gezelschap, wie was de hond in het kegelspel? Juist, Judas, de zoon van de duivel. Het is geen toeval dat dit dertiende kind verdoemd is. Toeval bestaat niet, onthoud dat goed. Er is een boodschap hier, een boodschap van God de Vader zelf. Bezin! Berouw! Bid! Lowyses knieën zijn er rauw van.

Het is een opluchting nu het opeens weer stil wordt. Doodstil. Meteen staan de priesters er allemaal weer, ze heffen hun handen ten hemel, God zij geloofd, de Duivel is verdwenen! Livina krijgt een prachtige begrafenis en haar afschuwelijke lichaampje wordt netjes geborgen achter een steen in de privé-kerk van de Adornes, de Jeruzalemkapel in de Peperstraat.

Nog de avond van de begrafenis gaat vader achter zijn schrijf-plank zitten. Deze keer is het niet om een boek te kopiëren dat hij uit de bibliotheek van een van zijn machtige vrienden geleend heeft.

Lowyse kijkt gefascineerd toe hoe hij het perkament eerst zorgvuldig bewerkt met puimsteen en daarna bestrooit met een dun laagje kalkpoeder. Plagerig blaast hij de overtollige kalk recht in Lowyses gezicht. Ze proest het uit. Dan wordt het ernst: hij snijdt een nieuwe punt aan zijn ganzenveren pen en doopt hem daarna in de zilveren inkthoorn. Langzaam en secuur schrijft hij de namen op van al zijn kinderen, wanneer ze geboren zijn, hun dooppeters en doopmeters. Lowyse bewondert de sierlijke kronkelingen van zijn handschrift.

'Sta ik er ook op, heer?'

'Natuurlijk, Wieske, kijk hier maar... *Ludovica, mijn dochtere, was gheboren den XXV dach van octobre M IIII C LVII snuchtens den V ende VI.*'

Als hij klaar is, telt hij ze na: één, twee... zestien. Ook de gestorven kinderen staan netjes op hun plaats op de lange lijst. De twee dode zusjes met de naam Elisabeth, het dode broertje Jacob, en als laatste: Livina. "Begraven te Jeruzalem", heeft vader er bij elk van die namen tussen haakjes bij geschreven. Lowyse ziet dat vader het exacte jaartal van Livina's geboorte vergeten is te noteren: *M IIII C* staat er, maar de *L X VIIII* niet. Ze durft het niet te zeggen. Het zou het mooie manuscript maar verknoeien als vader er die tekens nog tussen probeerde te wringen.

'Ik heb besloten een bedevaart te maken', zegt hij opeens. 'Nu staat het vast: ik ga naar Jeruzalem.'

Lowyse kijkt hem verbaasd aan: 'Onze Jeruzalemkapel, heer? We komen er net vandaan.'

'Het echte Jeruzalem, Wieske, daar waar Christus' graf is. Deze beproeving is een signaal van God. Ik moet op pelgrimstocht gaan en ons gezin zuiveren van het Kwaad.'

'Mag ik met u mee?'

Hij streelt haar over het hoofd, zodat haar kapje helemaal scheef komt te staan. 'Als je een jongen was...'

Met zijn andere hand neemt hij het witgebleekte doodshoofd dat naast de kandelaar bij de schrijftafel staat en streelt het met dezelfde verstrooide vertedering.

Ze mag hem een kaars aanreiken. Ze houdt van de walm die de

smeltende zegelwas maakt, van het kissen van vaders zegelring op het perkament. Hij stopt de rol in een lederen foedraal en staat op. Zijn honden springen hem achterna. Tijd voor een wandeling door de nachtelijke straten van Brugge, waar ze nu vrij zouden kunnen rennen, vader met grote passen achter hen aan. Ze kennen de weg, langs de Potterierei naar het havenkwartier aan de Koolkerkse Poort, waar de schepen de stad binnenvaren en het een drukte van jewelste is. Vader zou de zeebonken op hun hurken geleund tegen de muren van de kroeg op de schouders slaan, met Magelaes de dikke stroperige wijn drinken die hij uit het verre Portugal speciaal voor hem had laten meebrengen. Vader zou een ander worden, niet langer vader, maar een man van een wereld waarin zij, Lowyse, nooit zou thuishoren.

ALLEEN AAN HET KORTEN VAN DE DAGEN kun je de
naderende herfst meten. Op een hete, mistige september-
nacht arriveert de prinses met de ravenzwarte haren.
Ondanks de warmte die binnen de stadsmuren gevangen zit,
komt ze gehuld in bont, gedragen door het gekletter van
haastige paardenhoeven. Door het open raam van de kamer,
waar ze met haar zussen slaapt, hoort Lowyse plots vuisten
hameren op het hout van de poort. De mannen schreeuwen
met een vreemd accent, zodat het klinkt als een smeekbede
tot de kroon van Christus aan het kruis.
'Ah, doorns! Ah, doorns!'
Margriete is al uit de slaapkoets gesprongen en begint
razendsnel haar kleren aan te trekken. Lowyse staat ook op,
gooit een onderjurk over zich heen en sluipt naar het raam.
'Achteruit, Wieske, je bent nog niet gekleed!'
Zelf komt Margriete pas aan het raam staan nadat ze met
snelle vingers nog door haar haar is gegaan, er een speld heeft
ingestoken om haar krullen in bedwang te houden én zelfs
een kapje heeft opgezet. Tegen die tijd heeft vader de poort al
geopend, vader persoonlijk. De bedienden houden zich als
angsthazen schuil in de stallingen. Pas nadat vader hun
namen heeft geschreeuwd, komen ze aanhobbelen.
Gewapend met olielampen en toortsen, brengen ze op vaders
bevel kruiken, kroezen en hompen brood voor de gehaaste
reizigers.
Er zijn vier ruiters, ziet Lowyse nu. De vierde in het midden,
afgeschermd door de drie mannen, is een vrouw in een
koningsmantel afgezoomd met hermelijnenbont. Ze zit in
amazonezit op een paard dat even bleek is als haar mantel.
Lowyse verstaat geen woord van wat er gezegd wordt, maar
ziet hoe de mannen van hun paarden springen en rond vader

gaan staan. Hun stemmen zijn hard en dwingend. Zijn ze hem aan het bedreigen?

Ah, daar komen haar oudere broers luidruchtig op het groepje afgemarcheerd, net niet gearmd, net niet alsof ze willen zeggen: we zijn niet bang, we zijn helemaal niet bang! Vader steekt zijn hand naar hen op om hen tegen te houden. De jongens blijven stokstijf staan.

De discussie met de donkere mannen duurt en duurt. Hun stemmen rijzen en dalen als de golven van de zee.

Dan komt er plots beweging in de groep. Vader stapt op de vrouw toe, maakt een diepe buiging en helpt haar van haar paard af dat een van de knechten meteen naar de stallen leidt.

De mannen springen terug op hun eigen paarden, trekken hard aan de teugels, zodat de dieren steigeren en hinniken. In galop stuiven ze het erf af.

'Je zou haar moeten zien, boer Ganzemans!' Seppe wipte op en neer in de kar. 'Een echte prinses! De zuster van Koning James van Schotland, jawel! Ze is jong en mooi, zo mooi! Ravenzwarte haren die tot aan haar middel reiken, groengrijze ogen en een albasten huid!'

'Heb jij haar al gezien?' siste Luigi in zijn oor. 'Of heb je 't van horen zeggen?'

Seppe negeerde zijn vriend. 'Ze zeggen dat ze verdoemd is! Ze is uit Schotland weggevlucht omdat koning James haar hoofd wil afhakken!' Hij maakte een woest gebaar met zijn hand tegen zijn keel. 'En ze zeggen dat...'

Boer Ganzemans gaf zijn muilezel een fikse por met zijn stok. 'Ze zeggen, ze zeggen, ze zeggen zo veel. En trouwens, wat doet zo'n schots en scheve prinses opeens bij de Adornesen? Daar zit meer achter, laat ik je dat vertellen.'

'Och, iedereen weet toch dat Heer Adornes beste maatjes is met Koning James? Waar of niet, Luigi?'

Luigi had zijn hoed diep over zijn ogen getrokken en zweeg in alle talen.

Vandaag was Seppes vader, Tonio Ginelli, aan de delicate roodververij begonnen. De hele ochtend hadden de knechten de stookplaatsen gevuld met sprokkelhout en daarbovenop werden lagen turf gestapeld. Daarna waren de meiden gekomen om de gigantische ketels, waarin straks het laken zou worden ondergedompeld, van water te voorzien. Tonio Ginelli was persoonlijk de vuren komen aansteken en hun hitte maakte de binnenplaats van Huyze Vyncke tot een klein inferno. Het zou nog vele uren duren voor het water de correcte temperatuur had om het kostbare meekrappoeder in op te lossen. Tegen die tijd zou het avond zijn en het magische poeder de meeste kracht bezitten. Nog eens urenlang zou het zorgvuldig afgemeten poeder vermengd met aluin door het water geroerd worden, alvorens men het laken onderdompelde in de kuipen.

Tot zolang was er geen zier meer te beleven aan de Verversdijk.

'Blijf uit de buurt van die vuren, Seppe! Maak dat je wegkomt!'

Voor hij ervandoor ging, had Seppe nog even Heer Adornes gezien, hij stond aanwijzingen te geven aan twee knechten die met een kar, beladen met een gloednieuw hemelbed met peperduur indigoblauw baldakijn, het erf waren opgereden. Waar had hij dat zo snel kunnen laten maken?

'Naar de voorplaats met dat bed, zet het vlak bij het haardvuur!'

Nog voor hij een glimp van de prinses kon opvangen, klapte een norse dienstmeid de luikjes van de voorplaats voor Seppes neus dicht.

VADERS GEZICHT BLINKT even hard als zijn nieuwe kalfsleren puntschoenen, terwijl hij zijn onderdanen toespreekt. 'Straks mogen jullie Prinses Mary Stewart begroeten. Ze is de enige zus van mijn geliefde en geëerde Koning James. Ze spreekt onze taal niet en is erg overstuur, dus jullie vallen haar niet lastig, begrepen? De voorplaats is vanaf nu verboden terrein voor iedereen.'

Hij houdt even op met zijn preek als moeder de trap afschuifelt, gesteund door haar kamermeid. Behalve voor de begrafenis van Livina is ze niet meer uit haar bed gekomen. Nu staat ze daar, statig en bleek, gehuld in zilvergrijs en zwart. Ze maakt een buiging voor vader en gaat naast hem staan. Hij neemt haar bij de arm en praat verder.

'De prinses is samen met haar gemaal, Thomas Boyd, naar Vlaanderen gevlucht omdat Koning James hem ter dood heeft veroordeeld wegens hoogverraad. Ik begrijp niet hoe dat mogelijk is. Ik heb Thomas Boyd en zijn clan altijd als de raadgevers en vertrouwelingen van de koning gekend. Mary Stewart zweert dat hij onschuldig is. Tot deze zaak is uitgeklaard, geniet zij onze gastvrijheid.'

Eén voor één mogen ze de voorplaats binnen om de stille, bleke prinses te begroeten die er een stuk jonger uitziet dan Margriete, maar niet zo jong als Lowyse. Zou ze een jaar of vijftien zijn? Eerst maakt moeder een buiging voor haar, dan de jongens van groot naar klein, daarna Margriete en de andere meisjes. Eentje ontbreekt op het appel.

'Waar is Lowyse? Ze hangt toch niet weer rond op het Sint-Maartensplein?' Vader is geërgerd. 'Je moet haar toch echt beter in het oog houden, Margriete! Als ze vanmiddag niet komt opdagen voor haar portret, dan zwaait er wat!'

Deze keer vergat Boer Ganzemans zijn ommetje buiten de stadspoort en hield meteen halt bij de afspanning met het houten uithangbord waarop een grasgroene vogel met een gigantische gele bek afgebeeld stond.

Luigi en Seppe zagen hun plannen om de eerste hazelnoten te gaan rapen in rook opgaan. Ze slenterden hem achterna de donkere, lage ruimte binnen en gingen in een hoekje op nog schone, onbespuugde grond zitten.

De waard van De Groene Papegaai zelf zag er een beetje uit als een papegaai, met zijn haakneus en krassende stem. Seppe had nog nooit zo'n vogel gezien, maar Luigi – die er vaak mee snoefde dat hij beste maatjes was met de zeelui – verzekerde hem dat hij ooit een zeeman had ontmoet met een grote groene vogel op zijn schouder en dat hij die had horen praten en lachen als een mens.

Seppe herkende Warre de Wrat met die enorme harige bobbel op zijn kin. En daar zat Houten Poot Roberto, de Spaanse zeerover in ruste. Pikkedief Lange Vinger, die was er altijd. En Mie Mossel natuurlijk, het wijf van de waard. Ze stonk als een mossel, ze zag eruit als een mossel.

Warre de Wrat wreef met zijn handen tussen zijn benen: 'Alles goed met mijn mosseltje?'

Ze lachte haar scheve zwarte tanden bloot en pletste een kruik goedkoop bier voor hem neer. 'Zwijg en drink!'

Ze waren er allemaal, de hinkepoten, scheelogen, leeglopers, zakkenrollers, wortelneuzen. En ze wisten het allemaal beter.

- Mary Stewart heeft een kist vol goudstukken meegebracht.

- James stuurt soldaten om haar te vermoorden.

- Toch niet zijn eigen vlees en bloed?

- Verraders zijn verraders, vlees en bloed of niet.

- Nee, nee! Koning James wil alleen maar die Boyd te pakken krijgen en een kopje kleiner maken.
- Ze zeggen dat Boyd hierheen komt. Dan zal het gaan stuiven.
- Ik heb gehoord dat hij al in Antwerpen zit.
- In Antwerpen? Wat doet Mary dan in Brugge? Kan ze niet bij haar Boyd blijven?
- Omdat de soldaten en spionnen van James haar op de hielen zitten, stomkop. Bij Adornes is ze veilig. James gaat zijn eigen vazal toch niet het hoofd afhakken?
- Ik zeg je, die Adornes zit in slechte papieren, goudstukken of niet.
- En ik zeg je dat ik 's nachts veilig binnenblijf met mijn deur potdicht; met al dat vreemde volk op straat.
- Hier waard, doe mijn kruik nog eens vol. En deze keer geen water erbij, je wilt me toch niet vergiftigen?

Voor de allerlaatste keer zit ze muisstil op haar krukje en staart voor zich uit naar het open raam waar de hitte dampend doorheen slaat. Door al die vuren in de stookplaatsen lijkt zelfs de stenen vloer binnen in huis heet aan te voelen. Maar de luiken moeten nu open blijven vanwege van het licht dat heer Pieter nodig heeft als hij schildert, het licht dat alleen rond de middag precies goed is en dan nog slechts in deze éne kamer. In haar fonkelnieuwe prinsessenbed houdt Mary Stewart zich schuil. Lowyse denkt dat ze haar soms zelfs zachtjes hoort kreunen.

Heer Pieter heeft bijna ruzie gemaakt toen vader hem vertelde dat hij de voorplaats niet langer mocht gebruiken.
'Dan kan ik dit paneel net zo goed in de stookplaats van Ginelli gaan afleveren om tot brandhout te hakken! Als ik niet

precies dezelfde ruimte heb, precies hetzelfde licht? Nee, vriend Anselm, je zal moeten kiezen tussen de prinses en mijn schilderij.'

Heer Pieter heeft zijn zin gekregen. Terwijl zijn knecht als een razende de verfjes staat te mengen, wrikt en wringt heer Pieter zijn onwillige model in de juiste houding. 'Je ogen deze keer goed openhouden, Lowyse! En trek dat kapje wat meer naar achteren, zoals vorige keer. Vooruit kind, zet voor de laatste keer je mooiste gezicht op. Je wilt toch dat je bruidegom je op je paasbest ziet?'

Paardenhoeven op de binnenplaats. Lowyse verwacht haar oudere broers thuis van een ritje langs de landerijen. Maar ze hoort geen opgewonden jongensgebabbel, wel vaders stem in dat onbegrijpelijke Schots dat hij ook voor de prinses gebruikt. Naast vaders stem stijgt er een andere stem op, een donkere, zelfverzekerde stem die ze niet kan thuisbrengen. Lowyse hoort de beddenbak knarsen, ziet vanuit haar ooghoek even het met wol bekouste been van de prinses van tussen de gordijntjes priemen, maar dan weer razendsnel verdwijnen. Heer Pieter fronst zijn wenkbrauwen bij zo veel commotie. Hij is met een piepklein penseeltje bezig Lowyses wimpers te tekenen. Ze zal er op het portretje helemaal anders uitzien dan in werkelijkheid: ingetogener, verzorgder, ernstiger. Een Lowyse die ze zelf niet kent. Bestaat ze wel? Het zou misschien de Lowyse zijn die straks gaat trouwen. Niet de Lowyse met een gezicht vol vuile vegen die vader op het Sint-Maartensplein moet komen zoeken.

Het staat al jaren vast met wie Lowyse zal huwen: Jehan, de zoon van Lodewijk van Gruuthuse, haar peetvader. Jehan heeft ze al een paar keer in de verte gezien, hij verschilt in niets van haar oudere broers, een van die vele luidruchtige kerels die met hun paard vergroeid lijken en veel te hard met elkaar beginnen te schreeuwen als ze willen doen alsof ze de meisjes niet opmerken.

Trouwen? Iedereen trouwt. Waarom is Margriete nog niet getrouwd? Ze is al oud. Is het daarom dat vader voortdurend Tommasso Portinari mee naar huis sleept? Margriete ziet wel wat in die steenrijke Florentijnse bankier. Telkens als hij verschijnt, zorgt ze ervoor dat ze haar mooiste jurk aan heeft en bloost ze als een overrijpe appel. Lowyse hoopt voor haar oudste zus dat vader snel iets geregeld krijgt, want als ze niet snel trouwt, heeft ze geen andere keus meer dan in het klooster te gaan. Of zou het toch anders kunnen?

Moeder heeft Margriete broodnodig, zonder haar is ze verloren. Sinds de dood van Livina ziet moeder er nog bleker en schimmiger uit dan anders. Ze spreekt weinig, behalve om Margriete instructies te geven over wat zij op haar beurt weer allemaal aan de bedienden moet doorgeven. Daarna trekt ze zich terug in haar bed, waar ze door niemand gestoord mag worden. Slechts voor één kind maakt ze een uitzondering: de kleine Betkin, die op haar schoot mag, in haar armen mag liggen tateren tegen haar lappenpop, terwijl moeder voor zich uit ligt te staren. De derde Elisabeth, die moeder koestert alsof ook zij elk moment zou kunnen sterven.

De stemmen krijgen gezelschap van zware laarzen met houten hakken die klipkloppen op de stenen vloer. Een bonk op de deur. Heer Pieter schrikt er van, zijn borstel schiet uit, hij kan net een vloek onderdrukken als hij vader ziet binnenkomen met de ridder in het zwart. De prinses in het hemelbed slaakt een kreetje.

'Thomas Boyd, Graaf van Arran en echtgenoot van Mary Stewart', stelt vader de vreemdeling voor.

Thomas Boyd, een naam die klinkt als een klok. Hij is niet de eerste de beste: lid van de vermaarde Boyd-clan die al sinds het aantreden van de piepjonge Koning James de touwtjes in handen houdt. Of beter: hield. Maar in ongenade gevallen of niet, Boyd komt het vertrek binnen met de trotse blik van een man die zich nog steeds onkwetsbaar waant.

Pieter Christus en Thomas Boyd maken een kleine buiging voor elkaar. Niemand ziet Lowyse, bewegingloos op haar krukje. Ze is een standbeeld, deel van het meubilair.

De ridder in het zwart heeft een heuse maliënkolder aan die zachtjes tinkelt terwijl hij naar het bed toe loopt en een hand door het gordijntje steekt. Vader en Heer Pieter draaien zich discreet om, maar Lowyse staart recht in de ogen van de prinses, terwijl ze zich door Richard Boyd uit haar bed laat helpen.

Ze snikt het uit en drukt zich tegen hem aan. Hij lacht, een brede veroveraarslach, terwijl hij haar hand neemt en die kust, met een diepe, diepe buiging van zijn hoofd. Lowyse probeert de ogen van de prinses te lezen. Is ze blij, bang, is ze het allebei?

De prinses laat zijn vingers los. Het zijn er drie, stelt Lowyse verbaasd vast. Zijn midden- en wijsvinger steken vooruit als de hoorns van de duivel. Voor ze het weet, heeft ze snel een kruisteken geslagen.

Nu is ze niet langer onzichtbaar. De zwarte ridder komt op haar toe, dezelfde onverstoorbaar brede glimlach op zijn getaande gezicht.

Ze voelt zich opeens als een wezeltje in een open veld vol çirkelende sperwers.

Boyd, Boyd, Boyd... zijn naam gonsde over de Verversdijk toen hij samen met Anselm Adornes en baljuw Jan de Baenst te paard naar de raadsvergadering op het stadhuis reed, waar de moeilijke kwestie van Boyds val uit de gratie van Koning James op de agenda stond.

Hun paarden waren geroskamd tot ze blonken en hun flanken behangen met klinkende gouden en zilveren munten. Hier reed zoveel Macht en Kracht voorbij dat de omstanders slechts nietige mieren leken.

'Wat een boom van een ridder, hè Luigi?'

Het was voor Seppe telkens weer een opluchting als hij zijn vriendje zag opdagen. Nog één keer, toch nog één keer. Morgen kon het de laatste zijn. Er was immers niets dat de vloek ooit kon afwenden.

Ditmaal was Luigi Seppe in Huyze Vyncke komen ophalen en had hem mee de straat opgesleurd, alsof hij precies wist wanneer Adornes en de mysterieuze Boyd zouden passeren.

'Kijk naar zijn rechterhand', siste Luigi.

Aan die hand, die losjes om de teugels lag, was op het eerste gezicht niets speciaals te zien.

Boyd, Boyd, Boyd... de donkere man hoorde zijn naam, hief zijn rechterhand op en zwaaide naar de toeschouwers. Het geroezemoes verstomde. Iedereen staarde naar de verminkte hand die hij omhoog hield.

Seppe zag het nu ook: 'Hij heeft maar drie vingers! Zijn pink en ringvinger ontbreken!'

Zijn vingers verloren in een gevecht met de vijanden van diezelfde Koning James die hem nu wilde onthoofden? Was hij een dappere held? Of zou hij toch een complot tegen de Schotse koning beraamd hebben? Ja, die Schotten, een onbetrouwbaar volkje. Hadden ze niet opeens beslist om uit

Brugge weg te blijven met hun handel en wandel, en had het niet jaren geduurd voor Anselm Adornes erin geslaagd was een nieuw handelsakkoord te laten ondertekenen? Was die Boyd nu een rechtschapen kerel of niet? Kijk naar zijn zwaard, dat ziet er al flink gebruikt uit.

'Seppe, wat zou jij doen als Koning James je vroeg om Boyd aan hem uit te leveren?'

'Doen, natuurlijk! De koning is altijd de baas van alles. Je gaat toch niet in tegen een koning?'

'En zijn zus, de prinses, wat zou je met haar doen?'

'Die zou ik voor mezelf houden!'

'En als ze je nu smeekt om haar gemaal te sparen?'

'Prinsessen smeken niet, stommeling die je bent!'

VADER WAS NOG EEN KIND toen hij de allereerste steen van de Jeruzalemkapel uit de handen van zijn eigen vader ontving, een loodzware klepper van een oranjerode baksteen die hij nauwelijks kon optillen en met gebogen rug en rood aangelopen hoofdje zo voorzichtig mogelijk probeerde neer te leggen aan de voeten van diezelfde vader die hem de steen had gegeven.

Lowyses grootvader, Petrus Adornes, was een streng maar rechtvaardig man met een grote droom van een eigen kerk die de Onze-Lieve-Vrouwekerk zou doen verbleken in aanschijn.

Had hij niet van Zijne Heiligheid de paus persoonlijk de toestemming gekregen in deze kapel de Heilige Mis te mogen opdragen en de klokken te laten luiden?

Lowyse herinnert zich grootvader Petrus niet. Lang voor haar geboorte had hij zich na grootmoeders dood van de ene dag op de andere van alle wereldse kommer en kwel ontdaan om voorgoed in het klooster te gaan.

Waar later een hoge kerktoren zal komen, is nu nog een voorlopig strodak om regen en sneeuw buiten te houden. De open vens123 gaten die ooit helemaal van ramen uit echt glas voorzien zullen zijn, worden in de winter en herfst nog afgesloten met houten panelen zodat het er dan zelfs bij daglicht pikdonker is.

Vandaag stroomt de nazomerzon volop door de vens123 gaten naar binnen. Er is ook een koppel duiven naar binnen komen vliegen dat hoofs zit te roekoeën op het gigantische kruisbeeld van Christus, boven het tabernakel. Met een wild gebaar van zijn zwaard tracht vader de beesten weg te jagen, maar ze fladderen hoger, tot ver buiten zijn bereik, en zoeken een schuilplaatsje boven op het spreekgestoelte.

Knielen, bidden! Er is altijd wel een reden voor. Niet meer

voor Livina deze keer, maar voor Boyd. Vader vraagt met aandrang aan de Heer wat hij in hemelsnaam met Thomas Boyd en de treurende Prinses Mary moet aanvangen. Is Boyd onschuldig, zoals hij zelf beweert? Op vaders aandringen wil de Stadsraad dat best geloven, maar daarmee is het probleem niet opgelost. Als Koning James Boyds uitlevering eist, dan zal Brugge dat niet kunnen weigeren. Niemand zou het in zijn hoofd halen de toorn van de machtige Schotse koning te trotseren en de zo zorgvuldig gesmede nieuwe handelsakkoorden met Schotland op het spel te zetten.

Lowyse probeert zoveel mogelijk stof van haar jurk en onderjurken onder haar knieën geschoven te krijgen om de koude stenen niet te voelen en de pijn in haar knieën te verzachten. Knielen, bidden, knielen, bidden!
Telkens weer ziet ze het beeld haar vader en Prinses Mary voor zich. Hoe vader neerkijkt op de prinses die zich aan zijn voeten heeft geworpen en haar handen naar hem heeft uitgestoken.
Vader tilt haar van de grond op, langzaam, langzaam, tot ze rechtop staat, dicht tegen hem aan, en ze kijken elkaar lang en diep in de ogen.

Lowyse durft nauwelijks adem te halen in haar schuilplaatsje in de nis van de wenteltrap. De nis is haar favoriete plekje als de rest van het gezin zich heeft teruggetrokken in de bedsteden. Hier kan ze het licht van één enkele kaars ten volle benutten, want het reflecteert mooi van alle kanten op de witgekalkte wanden.
Hier komt ze dikwijls om haar boek te lezen, haar eigen boek.

Karel ende Elegast, een prachtig geïllustreerd manuscript dat ze bij haar geboorte van haar dooppeter, Lodewijk van Gruuthuse, cadeau heeft gekregen. Een geschenk van onschatbare waarde, dat zorgvuldig bewaard wordt in een dik lederen foedraal. Als ze trouwt, mag ze het boek meenemen, heeft vader beloofd. In zijn bibliotheek staan heel veel boeken verzameld, zeker twintig.

Lowyse heeft zichzelf leren lezen. Op lange winteravonden vertelt moeder uit een boek met heiligenverhalen. Dan kijkt Lowyse over moeders schouder mee hoe haar vinger over de letters glijden, en prent de tekens in haar geheugen. Steeds dezelfde verhalen horen ze opnieuw, maar niemand krijgt er ooit genoeg van, zelfs de stoere broers niet. Als ze vertelt, komt er leven in moeders stem en haar ogen schieten vuur terwijl ze zich laat meedrijven op het verhaal, en de kinderen doet sidderen van angst. Met de hoofden dicht bij elkaar bekijken ze de plaatjes van Sint-Joris die de monsterlijke draak doorboort, Sint-Ursula met pijlen doorzeefd, of het gruwelijke einde van de heilige Erasmus die de kiezen op elkaar klemt terwijl zijn darmen als een eindeloze slinger worstjes met een windas uit zijn buik worden gerukt. Daarom beschouwt moeder hem als de ideale heilige om voor te bidden als je buikpijn hebt. De veertienjarige Anselm junior, die geen enkele openbare executie mist, vindt er maar niets aan. 'Zo is het in het echt niet', meesmuilt hij, 'Je ziet helemaal geen worstjes zitten!' Maarten, nu de oudste zoon thuis, plaagt hem: 'Hoe kan jij dat weten, jij houdt toch altijd je vingers voor je ogen?'

Vader neemt de rechterhand van de jonge prinses in de zijne, kust die en trekt dan zijn zwaard, zo plots dat Prinses Mary een gilletje slaakt. Met een diepe buiging legt hij zijn wapen voor haar voeten. Zo blijft hij staan, gebogen, half geknield. Het is geen gezicht en Lowyse moet zich tegenhouden om niet naar hem toe te hollen, hem overeind te helpen en tegen hem te zeggen: 'Doe niet zo gek, vader.' Maar het is niet gek, het is wat een ridder doet die zijn eed van trouw zweert aan een edelvrouwe in nood, zelfs als de edelvrouwe pas vijftien is en de ridder een vader is.

Zo blijven ze lang staan, roerloos als standbeelden. En Lowyse, bevroren in haar donkere nis, kijkt toe.

De zon brandde op zijn blote rug. Seppe stond met zijn voeten diep in de stinkende bruinzwarte drek. Bukken, scheppen, bukken, scheppen... De tweede keer al dit jaar dat de reien moesten worden schoongemaakt. Dat de uitzonderlijk hete herfst het water een reukje bezorgde, tot daar aan toe, maar 't was de overdaad aan waterratten die de schout had doen beslissen tot een extra schoonmaak nu het weer dat nog toeliet.

Dat betekende: zwoegen en zweten! Ze hadden maar twee dagen de tijd voordat het water weer de reien binnenstroomde. En schoon moest het zijn, anders wachtte er een flinke boete.

'Vooruit jongen, geen tijd om te dromen!' Tonio Ginelli gaf Seppe plagerig een klap op zijn billen. 'Of ben je naar de mooie maagden aan het kijken?'

Seppe wist eerst niet waar zijn vader het over had, tot hij naar boven wees, naar de eerste verdieping van de herenwoning van de Adornes. Twee meisjes stonden in de raamopening naar de drukke werkzaamheden te staren. Ze zagen er allebei somber uit.

'Wie is dat naast Lowyse, die met haar lange wilde krullen?'

'Herken je haar niet?'

'Nog nooit gezien.' Seppe bukte zich om verder te ploeteren in de drek.

Vader Ginelli grinnikte. Geen spek voor de bek van een Ginelli, die hovaardige dochters van Anselm Adornes.

'Katelijne, de derde dochter. Ze is net terug uit Engeland, meer dan twee jaar is ze weggeweest. Een zot spook. Ze hebben haar van de Verversdijk moeten wegsturen na de dood van kleine Elisabeth, er was geen haven met haar te bezeilen. Geobsedeerd door de duivel.' Vader Ginelli sloeg snel een kruisteken, en

Seppe ook, voor alle zekerheid. Je kon maar beter op veilig spelen.

Er was al veel geroddeld over de Adornes de voorbije weken. Over de prinses die nooit eens buitenkwam. Over het wisselkind Livina dat nog lang niet vergeten was. Over Boyd die bijna wekelijks met zijn zwaarbewapende ridders door de straten van Brugge klepperde. De komst van zotte Katelijne zou nog wat extra koren op de molen van alle kletstantes zijn. Het kwam Seppe stilaan de oren uit. Zelf kon hij alleen maar aan de vloek denken. De rode stuifmeelvlekken toen hij met Luigi in de velden aan het spelen was, die konden niets anders dan een voorteken geweest zijn. Die vreemde harige vlinder met zijn lange tong... Hij had er nog een paar gezien, dansend boven restjes meekrap bij de schuur en telkens had hij zichzelf moeten tegenhouden om die beesten niet tussen zijn twee handen te pletten.

Hoe lang was het geleden dat hij Luigi gezien had? Te lang geleden. Hij was de tel van de dagen kwijtgeraakt.

Zodra Boyd de poort binnenrijdt, vibreert heel Hof Adornes van zijn aanwezigheid. Zijn zenuwachtige zwarte hengst op het binnenplein. Zijn norse lijfwachten die bij het minste naar het heft van hun zwaard grijpen. Vaders honden die janken alsof ze door hoornaars gestoken zijn. De prinses in haar mooiste jurk. Het nerveuze handenwrijven van de anders zo kalme Margriete. De jongste jongens die rond de Schotsman dringen, zijn gehavende hand aanraken als was het heiliger dan een relikwie: vertel nog eens over dat gevecht met de draak van Loch Ness, Heer Boyd, toen het monster uw twee vingers afbeet, alstublieft, nog één keer.

'Laat Heer Boyd met rust, snotapen!'

'Later, kinderen, later...'

Hij spreekt al een aardig mondje Vlaams, die Boyd. Er wordt wel wat gelachen om zijn accent, dat hij *eek* zegt in plaats van ik en *maai* in plaats van mij, maar dat komt ook omdat hij in Antwerpen woont en daar praten ze nu eenmaal helemaal anders. Hij schijnt het niet erg te vinden om altijd maar heen en weer te reizen tussen Antwerpen en Brugge. Lowyse weet van vader dat Schotland zeker tien keer zo groot is als Vlaanderen. En Engeland? Hoeveel keer kan Vlaanderen in Engeland? Ze vraagt het aan Katelijne, maar die haalt haar schouders op.

Vanavond is er een feestmaal ter ere van Katelijnes terugkeer. De keukenmeiden hebben bij het koken versterking gekregen van de buurvrouwen en zijn al dagenlang bezig geweest met het slachten en plukken van kippen. De oudste jongens hebben een paar reigers geschoten voor het bijgerecht die dan ook weer geplukt en klaargemaakt moeten worden. Magelaes zelf is persoonlijk wijn en kruiden komen leveren met een van zijn scheepjes, net op tijd voor de reien dichtgingen voor de grote schoonmaak.

Toch is Magelaes zelf niet uitgenodigd voor het feest. Lowyse begrijpt wel waarom. Hij is immers maar een gewone koopman. Niet zoals de genodigden die een status hebben waar iedereen naar opkijkt: de hooggeboren en hooghartige hertogin van Gloucester, baljuw Jan De Baenst, Lowyses peetvader Heer Lodewijk van Gruuthuse, de bankier Tommasso Portinari, de beroemde abt Crabbe van de Duinenabdij, en Boyd natuurlijk, Boyd met zijn prinses, koninklijk gezelschap.

Onderhand is Lowyse al vertrouwd met de manier waarop Boyd alle edelvrouwen, jong of oud, begroet. Toch krijgt ze nog koude rillingen als hij haar hand nadrukkelijk kust, en ze heel even de eelt van de littekens op zijn rechterhand voelt. Vandaag is het Katelijne die reageert alsof ze door een adder gebeten wordt en haar vingers vliegensvlug terugtrekt. Boyd buigt zich beminnelijk naar haar toe en mompelt vriendelijke woordjes in het Engels die alleen voor haar oren bestemd schijnen te zijn. Ze schudt haar hoofd alsof ze hem niet verstaat en kijkt weg. De hertogin van Gloucester komt hem te hulp en neemt met een geoefende glimlach het gesprek over, terwijl ze Katelijne een vernietigende blik toewerpt. Margriete is in alle staten. 'Wat is er toch met je? Waarom doe je zo? Je mag de gasten van vader niet beledigen!' Margriete ziet er moe uit van de voorbereidingen voor het feestmaal. Heeft ze wel geslapen, afgelopen nacht? Katelijne was op Margrietes plaats in het bed komen liggen, een benige bundel zenuwen die de hele nacht lang gespannen scheen te blijven. Bovendien had ze, voor ze ging slapen, eerst uren op haar knieën zitten bidden. Op de nieuwsgierige vragen van haar zusjes had ze nukkig geantwoord.

'Was het fijn in Engeland?'

'Goddelozen! Ik heb ze daar met een drietand zien eten, het wapen van de duivel. En één nam er zijn paard mee de kerk in. Een hond of papegaai is tot daar aan toe, maar een paard! Ze schatten paarden hoger in dan mensen.'

Nu is het Boyd die ze over de kling jaagt. Ze lamenteert: 'Hij is slecht, zeg ik je, ik zie een zwarte schaduw rondom hem, de mantel van de duivel hangt rond zijn schouders, nee het is geen mantel, het is de duivel zelf die zijn armen rond hem heen houdt.'

'Heer Boyd komt alleen maar Prinses Mary bezoeken en is altijd heel vriendelijk. Hij verblijft in Antwerpen, speciaal om de prinses en ons niet in gevaar te brengen', predikt Margriete, 'en ik heb horen zeggen dat hij daarginds een heel geliefde gast is.'

Katelijne is niet onder de indruk. 'Er zijn zoveel voortekenen geweest: de dood van Elisabeth, de geboorte van het duivelskind en nu de intrede van de duivel zelf!'

Ze kruisen zichzelf een paar keer om het onheil van die woorden af te wenden.

Margriete gaat weer in de verdediging tegen haar jongere zus. 'Het huis is gewijd geweest, ontsmet tot in de kleinste hoeken met heilig water. We hebben dag en nacht gebeden.'

'Dat is niet genoeg! Vader heeft dat maar al te goed begrepen, want hij gaat op bedevaart naar het Heilig Graf. De stank van zwavel, ik ruik hem hier overal, sterker dan toen ik vertrok. Ik kon hier toen al niet meer ademen, ik moest hier weg.'

Was ze vergeten dat zij degene was die niet had willen vertrekken? Dat vader haar gedwongen had? Hoe ze gehuild had, gesmeekt, dat ze zou sterven als ze de Verversdijk moest verlaten?

Margriete maakt korte metten met haar gedoe. 'Je gedraagt je vanavond, begrepen? Ik wil niet in schande komen door jou!' Ze zwaait vervaarlijk met een braadspit om haar woorden kracht bij te zetten en prikt er daarna mee in Lowyses buik. 'Jij gaat nu voor de kleintjes zorgen tot ze naar bed gaan. Ik heb mijn handen vol in de keuken. En waag het niet ervandoor te gaan!'

HET WORDT EEN HEEL ANDER SOORT FEEST dan Lowyse verwachtte. Komt het door de aanwezigheid van Katelijne? Die heeft haar lange wilde krullen nu helemaal bedekt met een hemelsblauwe doek en ziet eruit als het zusje van de Heilige Maagd. De hele maaltijd staart ze nederig in haar bord en spreekt alleen als haar iets gevraagd wordt.

Op het binnenplein staan de tafels opgesteld in een vierkant. De heren zitten aan één tafel, de vrouwen aan de tafel aan de overkant. Aan de dwarstafels zitten de oudste kinderen van Adornes, de jongens rechts, de meisjes links. Margriete heeft voor zichzelf een plaatsje op de hoek gereserveerd, vlak naast de knappe, rijke, beminnelijke Portinari, in zijn stijlvolle zwarte fluwelen pak. Naast hem zit de al even zwart geklede Boyd.

De mannen lachen en praten. Aan de vrouwentafel zitten moeder en de prinses naast elkaar beleefd te glimlachen en het lijkt alsof hun mondhoeken ervan pijn doen. Moeder in een parelgrijze jurk die haar bleke gezicht nog valer maakt, de prinses gepast in groen fluweel, het hoofd getooid met een lange punthoed.

Margriete heeft ogen tekort: dienen de meiden alles op zoals afgesproken? Gedragen de jongens zich? Is er genoeg wijn? Smaakt de gevulde reiger wel pittig genoeg? Zit er voldoende honing bij de stoofperen?

De zware zoete wijn van Magelaes maakt de tongen los. Tommasso Portinari heeft blozende wangen gekregen, de baljuw heft een plagerig deuntje aan, terwijl abt Crabbe minzaam doet alsof hij de blasfemische woorden niet begrijpt, maar zijn hoofd kleurt rood tot aan zijn kaalgeschoren kruin toe:

Ce qu'on fait a catimini
Touchant multiplicamini

Men doet het graag in 't geniep
Maar 't gaat toch wel heel erg diep

En de heren bulderen van het lachen, terwijl de dames krampachtig blijven glimlachen.

Heer Portinari staat nu op en tikt enthousiast met zijn dolk tegen zijn glas. Lowyse ziet Margriete ineenkrimpen. De glazen zijn peperduur, broos en nieuw, ze komen uit Venetië en Margriete heeft er lang over lopen twijfelen of ze ze wel op tafel zou durven zetten. Straks krijgt ze er spijt van dat ze niet voor stevige aardewerken bekers gekozen heeft.

'Ik heb een mededeling te doen!' roept Portinari. 'Het is me vandaag een eer en genoegen mijn verloving te mogen aankondigen. Volgend jaar trouw ik met mijn geliefde Maria, Maria Bandini-Baroncelli uit Firenze!'

Iedereen klapt in de handen en begint daarna tegelijk te praten. Lowyse draait zich om naar Margriete, maar die geeft geen krimp.

'Wat zit je zo naar mij te kijken?'

'Ik dacht dat jij misschien... Je vond hem toch...'

Margriete kijkt geveinsd verbaasd. 'Dat huwelijk was al voor hun geboorte vastgelegd, dom wicht!'

Vader heft zijn glas. 'Laten we klinken op een gezegende verbintenis!'

Margriete nipt met een zuur gezicht van haar wijn. 'Een huwelijk geregeld voor de geboorte, zo hoort het in een huis van stand! Maar wij, wij moeten maar wat aanmodderen en zelf onze boontjes doppen, en kijk wat er met mij gebeurt: ik ben al eenentwintig en kan geen kant meer uit. Vader denkt meer aan de Schotten en de politiek dan aan ons. Hij had best een paar mogelijke huwelijkskandidaten voor mij kunnen uitnodigen vanavond!'

Zo heftig heeft Lowyse haar zus nog nooit horen spreken.

'Had je dan niet gehoopt dat vader jou aan Portinari...?'

'Je snapt er niets van, Ludovica!'

Vrouwen en huwelijken, de heren van de schepping zijn ze gauw vergeten. Tegen de tijd dat de gevulde kapoenen in een zee van saffraansaus op tafel komen zwemmen, zit vader herinneringen aan Schotland en Koning James op te halen. Vader is vol lof over de jonge vorst.

'Nauwelijks achttien, maar met de wijsheid van een ware heerser', zegt hij.

Dat zit Boyd niet lekker. 'Een koning is maar zo wijs als zijn raadgevers!'

'Vanzelfsprekend, Thomas', stemt vader haastig in. 'Je weet toch dat ik de Boyds altijd geapprecieerd heb?'

Lodewijk van Gruuthuse springt meteen in de bres om te vermijden dat die vermaledijde kwestie van Boyds hoogverraad weer eens gespreksonderwerp wordt.

Hij heft het glas. 'Op Schotland! Op de nieuwe handelsovereenkomst die onze vriend Anselm wist te sluiten. Heil voor Anselm en ons schone Brugge.'

Er speelt een bittere glimlach om de lippen van Boyd. Van de charmante, flamboyante edelman blijft opeens niets meer over als hij zich tot vader richt. Zijn stem is rustig en beleefd, maar er is een duistere ondertoon die alleen zij tweeën kunnen begrijpen.

'Een héél, héél interessante overeenkomst', zegt hij langzaam en nadrukkelijk, 'met héél héél interessante mensen. Waar of niet, Anselm?'

Vader springt overeind. Maar hij niet alleen. Ook Portinari is half van de bank gekomen.

'Zo interessant dat ik er een uitgebreid verslag op papier van heb laten maken', vervolgt Boyd. 'Dat kan altijd van pas komen.'

Vader neemt een grote slok van zijn glas om zijn verwarring te verbergen en verslikt zich. Abt Crabbe moet hem uitgebreid op de schouders slaan.

Tommasso Portinari lijkt wel in paniek. Hij kijkt wild om zich heen, stoot dan snel Lodewijk van Gruuthuse aan. 'Herinner je je nog wat Hertog Karel over Schotland zei, vorige keer tijdens dat banket?' Hij spreekt snel en nerveus. 'Het barbaarse Schotland, *Ecosse la sauvage!*'

Een minder geslaagd grapje van die fluwelen Florentijn!

Thomas Boyd's dolk schiet omhoog. Opeens is er bloed, bloed aan de kin van Portinari, bloed op het gele saffraan van de kip, bloed op zijn handen die naar zijn gezicht reiken.

Het scherpe *pàts* van glas op de kasseien van het binnenplein. Moeder kijkt naar haar lege hand en slaat die dan voor haar mond. Een Venetiaans kunstwerk aan scherven!

Dan stijgt een hoog, schril gegil op. Margriete schiet als een weerlicht van de bank af en zeult Katelijne van de feesttafel weg. Zelfs van achter de gesloten deur van het woonhuis blijft Katelijnes gegil duidelijk hoorbaar.

Boyd gooit zijn dolk neer en put zich uit in excuses.

Vreemd genoeg heeft Portinari nu zijn zelfbeheersing terug-gevonden. Hij geeft geen kik, grijpt naar het tafellaken en duwt het tegen zijn bloedende kin.

'Een ongelukje', zegt Lodewijk van Gruuthuse onverschillig en prikt een nieuw stukje kippenvleugel op zijn eigen dolk. 'Laat de glazen nog eens volschenken, Adornes.'

Margriete komt terug met een schoon stuk doek en een schaal water en knielt voor Portinari neer. 'Als u me toestaat, heer...' Langzaam dept ze het bloed van zijn kin. Thomas Boyd biedt hem met een diepe buiging zijn eigen glas wijn aan. Tommasso drinkt. Boyd knikt tevreden. 'Vergeten en vergeven, vriend. Ik weet niet wat me overkwam, ik weet echt niet wat me overkwam...'

Niemand let nog langer op Margriete die voor Tommasso blijft knielen en zacht met de doek zijn kin blijft deppen tot de laatste druppel bloed is verdwenen.

Seppe schoot wakker door het geruis van stromend water. De zee, dacht hij. Hij had nog nooit de zee gezien, maar zo zou ze kunnen klinken. Hij had slecht geslapen. Zijn rug voelde geradbraakt na dagenlang drek scheppen in de reien. En gisteren dat feest bij de Adornes tot laat in de nacht! Vedels en luiten en tromgeroffel, zelfs de diepe brom van een Schotse doedelzak! Samen met de andere jongens van de straat had hij vanachter de schutting staan loeren en commentaar gegeven op die deftige dames en heren die dansten alsof ze marionetten waren, zo stijf en stug, wat hadden ze daar nu aan?

Zijn ogen plakten dicht. Hij kreeg ze met moeite open. Het was allang dag. Fel licht stroomde door de open ramen naar binnen. Hij lag alleen op de strozak, zijn broers waren al opgestaan, en waar kwam dat water toch vandaan? Het leek wel de zondvloed. Zou de wereld vergaan zijn terwijl hij sliep? Hij strompelde naar het raam dat uitkeek op de reien. Natuurlijk! Ze lieten de reien vandaag weer volstromen! Hij moest opeens dringend plassen. Niemand op straat? Het geklater vanuit het open raam op de stoffige klinkers van de Ververschdijk ging verloren in het lawaai van de volstromende propere reien.

De klappeien stonden al in het gelid op het binnenplaatsje. Hij sloop naar hen toe en luisterde vanaf een veilige afstand.

'Moet je nu eens wat weten?'

Moeder stond er ook, haar handen in de zij, ze wiegde met haar heupen, ze sloeg haar hand voor haar mond, och Here toch, zeg dat 't niet waar is, maar iedereen wenste dat het wel waar was, dat zag je aan hun blinkende ogen en hoorde je aan hun ratelende tongen.

Een aanslag op Portinari, bankier van de Medici! Die Schotse schavuit Boyd trok zijn mes, het bloed vloeide, Margriete, jawel, de oudste, zij heeft zich ertussen gegooid!'

'Zou ze een oogje op hem hebben?'

'Op wie, op Boyd?'

'Nee, op Portinari natuurlijk. Telkens als hij komt, heeft ze haar mooiste jurk aan, is het je nog niet opgevallen?'

'Ja een goede partij, de beste van de stad, maar ze maakt geen schijn van kans, is hij niet verloofd met die Maria dinges, ook een Florentijnse?'

'Soort zoekt soort en het bloed kruipt...'

'Maar vertel in godsnaam verder!'

'Dus Boyd trekt zijn mes, recht naar de keel van Portinari, Margriete gooit zich ertussen, het mes schiet in zijn kin, hier vanonder, zo, een flinke gabbe, ja ik weet het van de keukenmeid, ja, die stond erbij, Margriete heeft persoonlijk de wonde verzorgd, dat zegt al genoeg. Welke edeldame verlaagt zich tot zoiets?'

'Ze hebben Boyd toch wel in de kluisters geslagen?'

'Niets daarvan, hij loopt nog altijd rond, vrij als een vogeltje. Een ongelukje, noemen ze dat daarginds, de machtigen beschermen elkaar, er staat weer te veel op het spel, politiek en geld, daar draait het om. En waar ging de ruzie over? Juist, politiek en geld.'

'Die heetgebakerde Schotten toch, en dat ze hier straks weer de vloer komen platlopen.'

Seppe trok aan moeders rokken.

'Ze hadden geen ruzie, moeder!'

'Wat weet jij ervan, kleine snotneus!'

'Ik heb ze zien lachen en babbelen, moeder, Boyd met Portinari en ze klonken samen en ze dronken samen, er was geen ruzie. Het was een stom ongelukje.'

Maria Ginelli maakte een woeste zwiep van haar hand in de richting van zijn wang.

'Daarom dat je pas tegen het middaguur van je strozak komt! Schaam je je niet, 's nachts je neus in andermans zaken te steken!'

WAAR KOMT DE ANGST VANDAAN? Opeens voelt Lowyse de schaduwen die hij werpt. Op moeder, maar was dat niet al altijd zo geweest? Moeder die een wisselkind gebaard heeft en toch nog steeds elke nacht in de van wierook doordrenkte groene kamer slaapt met een zilveren kruisbeeld in haar handen, de kamer die niemand anders nog in durft en die vader en de priesters voorgoed willen dichttimmeren.

Katelijne voelt overal duivels en de toorn van God, ze bidt voortdurend, meer nog dan vader en moeder. Bij het eerste ochtendgloren rept ze zich achter vader aan naar de Jeruzalemkapel voor de dagelijkse mis, 's middags zit ze op haar blote knieën voor het Mariabeeld in de hal en 's avonds knielt ze urenlang bij het meisjesbed waarin ze nu met z'n vijven een plaatsje moeten vinden.

Lowyse houdt het niet langer uit in dat enge bed.

''t Is geen doen, ik kan hier niet meer ademen.'

'Ga dan bij moeder in de groene kamer slapen! Die ligt daar helemaal alleen! Zelfs haar dienstmeid is bang om bij haar te gaan liggen. Plaats genoeg!'

Waarom is Margriete zo venijnig? Ze is iets kwijt, Margriete, alsof het harnas van rust van haar is afgevallen. Wat daar onder verstopt zit is... is...? Angst ook? Heeft ze stiekem toch gehoopt dat Portinari aan een huwelijk met haar zou denken? Wat denkt vader ervan? Had hij echt aan een huwelijk tussen die twee gedacht?

Er staat bijna voortdurend een lelijke frons op Margrietes voorhoofd. Lowyse ziet haar steeds vaker in het geniep in het kleine Arabische spiegeltje in de gang kijken en met haar vingers langs haar ogen en wangen strijken.

Maar de zorgen van het grote huishouden die al die vroeg-tijdige rimpels op haar gezicht tekenen, raakt ze niet zomaar kwijt: de oudste jongens die van de chaos profiteren om te spijbelen op de kapittelschool, de kleintjes die in alle sloten tegelijk kunnen lopen, al die andere kleine ergernissen zoals de prinses die niet naar het aisement wil zoals iedereen, maar haar eigen kakstoel moet hebben, tot grote razernij van de dienstmeiden. En vader die ja en amen zegt op alles wat de prinses vraagt, alsof hij zo ver zou gaan om met zijn eigen vingers haar billen af te vegen.

Ondertussen is vader volop zijn lange, gevaarlijke reis aan het voorbereiden en dat brengt heel wat verwikkelingen met zich mee.

Zo staan er vandaag onverwacht drie gezanten van Hertog Karel voor de poort met belangrijke documenten. Ze moeten te eten krijgen, liefst lekker eten en veel, geen hutsepot of broodpap maar toch minstens een paar fazantjes of een vers geschoten reebokje om hen en hun broodheer gunstig te stemmen. Margriete stuurt de oudste broers op jacht en jaagt de meiden de keuken in om maaltijden te bereiden voor de hooggeëerde gasten.

Lowyse blijft maar proberen haar oudste zus te overtuigen dat ze echt wel een andere slaapplaats nodig heeft.

'Zou ik beneden in de keuken mogen slapen? Ik hoef niet in een bed, ik kan best op een strozak bij de honden, daar is het lekker warm... Toe Margriete, alsjeblieft?'

'Waarom vraag je dat aan mij? Ik ben je moeder niet! Ik ben je zus.' Margriete schreeuwt het bijna uit. 'Zie je niet dat ik bezig ben? En ik hoor Betkin huilen, je weet dat moeder daar een hekel aan heeft. Zijn de jongens haar weer aan het pesten? Ga kijken wat er aan de hand is! Ga je nuttig maken, Ludovica!'

Er hangt onweer in de lucht. Gisteren kwamen de eerste

tekenen van herfst: hevige hagelbuien en stortregens die de kasseien bijna uit de grond sloegen. Een felle noordenwind heeft de voorbije nacht de kastanjebomen op het erf helemaal kaal geblazen. Ook nu is de dag grauw en vol dreigende wolken.

'Margriete, mag ik dan vanaf vannacht...?'

'Je doet maar, zolang je mij met rust laat!'

'Seppe?' Een keitje op zijn buik. En nog eentje.

'Seppe?'

'Luigi!'

Hij stond voor het slaapkamerraam en zag eruit als een verzopen hond, zijn vilthoed hing slap over zijn oren, zijn dunne hemdje was doorweekt en het water droop uit zijn broek op zijn blote voeten.

'Wacht, verroer je niet, ik kom!'

Seppe kon niet rap genoeg zijn en in zijn haast struikelde hij over de slapende lijven van zijn drie oudere broers. Een van hen werd wakker, schoot overeind en sloeg naar hem als naar een vervelende vlieg. 'Wat doe je?'

'Pissen, ik moet pissen!'

'Kan dat niet wat stiller?'

Hij trok zijn jak aan, sprong in zijn kloffers en rende naar buiten. Even was hij bang dat zijn vriendje al weer verdwenen was, maar toen zag hij hem toch, schuilend onder het afdak van de varkensstal.

'Luigi!' Vreugde in zijn stem, zoveel vreugde dat hij er geen weg mee wist. 'Ik was al bang, Luigi, hoe zit het met de vloek?' De ander schudde zijn hoofd. 'Nog niet, Seppe, nog niet.'

'Heb je het niet te koud? Heb je geen jak? En iets voor aan je voeten, het wordt te koud om op blote voeten...'

Hij hoorde zichzelf tateren als een viswijf. Luigi klappertandde en lachte tegelijk, terwijl hij heel even zijn kille lijfje tegen Seppe aandrukte. Er was nog niets aan de hand. Ze waren samen, nog steeds samen.

'Hier, neem mijn jak.' Luigi reageerde niet op zijn aanbod en Seppe durfde het niet te herhalen, bang om hem te beledigen.

Hij hield de deur van de varkensstal voor zijn vriend open.

'Hier is het lekker warm en droog.'

Luigi had andere plannen. 'Naar de Adornes! Ik heb geschreeuw gehoord...'

Seppe protesteerde. 'Wat heb je daar te zoeken?'

Luigi nam Seppe bij de hand en trok hem mee. Hij stribbelde tegen. Luigi stompte hem in de ribben.

'Doe wat ik zeg!'

'Waarom zou ik?'

'Of ben je bang misschien?'

'Durf dat nog eens te herhalen!'

Ze vochten een robbertje in de modder onder het afdak, tot ze allebei in een plas rolden. Vloekend kwamen ze overeind, nat en vies. Net twee varkentjes.

'Naar de Adornes', probeerde Luigi opnieuw. 'Dat geschreeuw...'

'Vooruit dan maar, ik ga met je mee, al is het alleen maar om je tegen jezelf te beschermen.'

Hand in hand renden ze over de Verversdijk tot bij het helverlichte raam dat uitkeek op de voorplaats van de Adornes. Alle kandelaars in de lusters brandden tot in de kleinste hoekjes van de kamer. Het haardvuur loeide en de warmte van het huis stroomde naar buiten, zodat de stenen van de muren leken te stomen in de regen.

'Ze zijn gek, zoveel hout verspillen, dat moet fortuinen kosten!' Zijn moeders woorden, wist Seppe. Luigi hoorde hem niet. Hij stond met open mond naar binnen te staren.

'Wat is er, je kijkt alsof je de duivel gezien hebt?'

Luigi stond te trillen op zijn benen en dat was niet van de kou alleen. Seppe boog zich nu ook naar het raam. De kamer was leeg, op twee heftig worstelende figuren op het blauwe hemelbed na...

Als ze erover zwegen, bestond het dan niet? Bedrukt en zonder een woord te zeggen waren ze bij het raam weggegaan, de vreugde van hun ontmoeting vergeten. Nu voelden ze zich alleen maar koud en nat. Seppe vroeg zich af hoe hij onopgemerkt weer op de strozak tussen zijn broers kon geraken. Minder dan ooit had hij zin in meppen en oorvegen. Luigi had de armen om zichzelf heen geslagen en leek helemaal in een cocon te willen verdwijnen.

'Wat kunnen we doen...' begon Seppe toen ze weer onder het afdak van de varkensschuur stonden.

'Niets kunnen we, niets! Ze zijn getrouwd, idioot! En zelfs als dat niet zo was, wat zou je doen?'

'Hij greep haar, ze spartelde tegen, hij sloeg, ze had pijn!'

Luigi legde zijn handen tegen zijn oren. 'Zo is het nu eenmaal! Slaat jouw vader je moeder nooit?'

'Zij is een prinses, denk je niet dat...'

'Ik wil er niets meer over horen, zeg ik je! Hou op!'

Weg was Luigi, hij trok zijn vilthoed diep over zijn oren en dook de regennacht in.

'Kom je nog terug, Luigi? Luigi?'

Zijn vriend was in de schaduwen verdwenen.

VADER STAART VOOR ZICH UIT, het doodshoofd onder zijn hand. Er ligt een wereldkaart voor hem open gespreid, waarop hij met rode inkt zijn reisroute heeft aangeduid. Magelaes zit naast hem, giet nog een beker wijn vol. Hun bekers tikken tegen elkaar. 'Op een voorspoedige reis!' glimlacht Magelaes. Vaders gezicht staat somber.

'Portinari laat nu opeens zijn portret maken door die Duitser, die Memling. Waarom is hij van gedachte veranderd en vraagt hij het niet meer aan Pieter Christus? De gesprekken daarover waren zo goed als rond. Wat zou dat te betekenen hebben? Zou het iets te maken hebben met die messteek van Boyd? In mijn huis gebeurd, dus ik ben er verantwoordelijk voor.'

'Ik heb gehoord dat Hans Memling een veel betere schilder is dan je vriend Pieter Christus. Eindelijk een waardige opvolger van Jan van Eyck, zeggen sommigen.'

'Niemand kan aan Van Eyck tippen, Magelaes! Dat Memling meer geld vraagt dan Pieter, betekent nog niet dat hij ook beter schildert.'

Magelaes pakt het doodshoofd uit vaders handen en legt het opzij. 'Wat er tussen Boyd en Portinari is gebeurd, is hun zaak, niet de jouwe.'

Vader schudt mismoedig het hoofd. Het voorval zit hem om meer redenen dwars dan hij zelfs aan zijn beste vriend uitgelegd kan krijgen.

'Als het Hertog Karel ter ore komt dat er nu al problemen zijn met de Schotten! Nog maar één enkele Schot in Brugge en er breken al gevechten uit! Ik kan niet anders dan me verantwoordelijk voelen: ík ben het toch die gezorgd heeft dat ze terugkomen? Hoe minder de hertog hoort over wat hier in Brugge gebeurt, hoe beter.'

De hertogen van Bourgondië houden de Vlaamse steden graag

stevig onder de knoet. Maar al te goed herinnert Anselm Adornes zich hoe Filips de Goede dertig jaar geleden de trotse stad Brugge op haar knieën had gekregen toen ze geweigerd had zich aan zijn gezag te onderwerpen. Hertog Karel, de zoon en erfgenaam van Filips, is geen haar beter, integendeel. Had hij vorig jaar, vlak na zijn aanstelling als hertog van Bourgondië niet meteen schoon schip gemaakt in de streek van Luik en hele steden en dorpen uitgemoord om te tonen wie er de baas was? Je kon maar beter niet in het vaarwater van zo'n lichtgeraakt heerser komen.

'Ach, Magelaes, soms wenste ik oprecht dat we van Brugge een stadstaat konden maken zoals Firenze en Genua. Machtig en vrij van opdringerige hertogen.'

'Gevaarlijke woorden, Anselm. Zorg maar dat je die nooit buiten deze muren uitspreekt.'

Vader schenkt de glazen nog eens vol. Ze klinken weer, maar het is niet van harte.

'Vader? Mag ik u iets vragen, heer?'

'Wat is er, Wieske?'

Lowyse zit met haar armen om vaders honden op de schapen- vacht bij het haardvuur. Ze houdt van hun geur en van hun warme trillende lijven, hoe ze zich tegen haar aandrukken, zodat ze een warm en veilig gevoel krijgt. Het is nog vroeg in de namiddag, maar binnen is het bijna donker. De luiken zijn de hele dag dicht gebleven door de herfststorm die maar niet wil gaan liggen. Het sloepje waarmee Magelaes over de reien tot aan de Verversdijk vaarde, kan niet terug vanwege het slechte weer. Lowyse hoort Margriete de meiden bevelen in de keuken, de kleintjes spelen op de wenteltrap. Ze verbeeldt zich het geprevel van Katelijne, die bidt voor het kapelletje in de hal, terwijl ze het Kwaad afweert met een hemelsblauwe doek over haar gebogen hoofd.

'Hoe lang blijft heer Boyd nog in Vlaanderen?'

'Zolang het nodig is. Waarom?'

'Zou het niet beter zijn als heer Boyd zo snel mogelijk naar Schotland terug kon?'

'Dat zou zeker beter zijn, voor hem en voor Prinses Mary. Daar werken we aan. Ik heb een brief naar Koning James gestuurd. Zodra zijn antwoord komt, weten we meer.'

'Moet de prinses dan mee met hem?'

'Natuurlijk moet ze mee, wat zou je doen, haar hier laten?'

'Kan dat nog lang duren, vader?'

'Ik verwacht Koning James' antwoord nog voor mijn vertrek in februari. Waarom al die vragen, Wieske?'

Magelaes staat op van de bank. Dat gaat moeizaam met al het gewicht dat hij moet verplaatsen. Hij duwt zich op uit de kussens, herschikt zijn wijde gewaden, stapt op Lowyse toe en buigt zich voorover naar haar. 'Wat wil je ons vertellen, meisje?'

Lowyse draait haar hoofd weg.

'Niets, heer, ik weet niets, het spijt me...'

Magelaes kijkt haar lang en nadrukkelijk aan maar vraagt niet verder.

Als vader zich zorgvuldig weer op de bank gedrapeerd heeft, legt Magelaes zijn hand op vaders arm. 'Wees voorzichtig, Anselm, mijn vriend.'

Vader heeft het doodshoofd weer in zijn handen en staart ernaar alsof het elk moment kan gaan orakelen.

'Ik ben voorzichtig, Magelaes, zo voorzichtig dat ik nauwelijks nog durf te bewegen.'

PRINSES MARY KOMT ALLEEN BUITEN de poorten van het Hof Adornes om 's zondags naar de kerk te gaan, en dan nog slechts als Thomas Boyd in Brugge is. De mensen spreken er schande over en hoe vader haar ook probeert te vergoelijken, de gefronste wenkbrauwen en misprijzende blikken blijven. Zeker een prinses zou beter moeten weten! Ze vreest voor haar veiligheid, zegt vader. Ze bidt dagelijks in de Jeruzalemkapel, liegt vader. Het is waar, dat is geen echte kerk, nog niet, maar we hebben wel de toestemming van de paus, eenmaal als die helemaal af is....

Vandaag is Boyd er niet bij als Lowyse na de hoogmis meegaat naar haar peetvader, de machtige Lodewijk van Gruuthuse. Moeder, de prinses en de andere dochters volgen met de paardenkar, maar zij mag samen met vader en de jongens voorop lopen. Dat kleine eindje stappen van Sint-Donaas naar het imposante steen van de Heer van Gruuthuse houdt vader haar hand vast en even voelt ze zich weer dat kind van een paar jaar geleden, vrolijk en onbezorgd, veilig bij vader, in de zekerheid dat ze altijd samen zullen zijn. Ze weet wel beter: ze wordt te groot, te groot voor de hand van vader, te groot om nog als klein meisje getolereerd te worden tussen de jongens. Nog even, nog heel even.

Vader laat haar vandaag niet los, alsof hij evenveel behoefte heeft aan haar als zij aan hem. Hij stuurt haar niet weg als hij in een comfortabele leren stoel in de bibliotheek met Heer Lodewijk in een lang gesprek over politiek verwikkeld raakt. Heer Lodewijk glimlacht als hij zijn petekind verlangend naar zijn boekenkast ziet kijken. 'Neem er maar een uit, kind. Ik heb een nagelnieuw aardrijkskundeboek op de kop kunnen tikken. Schitterend verlucht.'

Hij tilt het boek van de plank, legt het op de leestafel en doet het slot voor haar open. 'Kijk eens wat voor verschrikkelijk monster er aan de andere kant van de wereld huist: de eenogige mensenetende cycloop uit Sicilië! Pas maar op dat hij je niet op eet!'

Terwijl Lowyse recht in het ene lachende oog van de cycloop staart die met brede mond en vol appetijt een handvol naakte magere mensjes naar binnenstouwt, pikken de heren de draad van hun discussie weer op.

Lowyse vangt steeds dezelfde woorden op. Schotland, Boyd, Koning James, Hertog Karel. Altijd opnieuw. Heer Lodewijk noemt hem 'onze goede hertog', alsof hij zijn persoonlijk bezit is.

Zelf heeft Lowyse de hertog al één keer gezien. Dat was vorig jaar geweest, toen Hertog Karel samen met zijn kersverse echtgenote Margareta van York de stad bezocht en vader samen met de andere edelen een oogverblindend feest had georganiseerd.

Heer Lodewijk komt net terug van een bezoek aan het hof van Bourgondië en heeft Hertog Karel persoonlijk mogen spreken. 'Wat goed is voor onze stad, is niet altijd goed voor ons hertogdom', zegt hij. 'Je weet dat onze goede hertog niet hoog oploopt met Schotland. Sinds ze hun sympathie voor het vermaledijde Frankrijk hebben getoond door de handel met Vlaanderen te boycotten...'

Vader schudt zijn hoofd. 'Schotland wil gewoon niet in de twist tussen Bourgondië en Frankrijk betrokken worden. Ze spelen op veilig, dat is alles.'

'Op veilig spelen is niet goed genoeg! Zeg eens eerlijk, Anselm, hoe staan de Schotten werkelijk tegenover onze goede hertog?'

Vader trekt een bezorgd gezicht en kijkt om zich heen alsof hij spionnen verwacht achter de dikke gordijnen. Hij antwoordt niet op heer Lodewijks vraag. Het blijft een hele tijd akelig stil.

'Wat scheelt er? Je hebt toch niets te verbergen? Het handelsakkoord met Schotland zal je het hoofd niet kosten. Als je zou gaan konkelfoezen met de Fransen daarentegen...'

'Ik probeer het beste te doen voor mijn hertog én voor mijn stad', mompelt vader ten slotte ongelukkig.

'Dat weten we, Anselm,' knikt Heer Lodewijk, 'voor de hertog, de stad... en je geldbeurs.'

Daar moeten ze allebei om grinniken.

'De hertog is erg geïnteresseerd in Thomas Boyd. Misschien wil hij hem eens flink op de pijnbank leggen voordat Koning James hem een kopje kleiner laat maken. Wie weet wat voor interessante informatie we uit hem kunnen peuteren.'

'Dat zou ik niet zo snel doen, Lodewijk!' Vader reageert alsof hij door de bliksem getroffen is. 'De prinses heeft me gesmeekt haar gemaal te sparen. Ik heb haar gezworen dat ik alles zou doen...'

'Eén ding moet je goed onthouden, Anselm! We moeten loyaal zijn aan onze goede hertog, heel loyaal. Luik is vernietigd, Gent zwaar vernederd, laat onze schone stad Brugge gespaard blijven, als God en de hertog het belieft.'

Lodewijk van Gruuthuse staat op en loopt naar Lowyse toe. Zijn schaduw valt over de lachende menseneter en doet hem er kleiner en zieliger uitzien.

'Laat al die staatszaken nu even voor wat ze zijn, want we moeten het over een vrolijker kwestie hebben. Wordt het niet stilaan tijd om een trouwdatum vast te leggen voor mijn petekindje hier?'

'Voor Wieske? Nu al?'

'Is ze al vrouw geworden? Dan kan ze trouwen. Ik heb geen

zin om te lang te wachten. Onze Jehan kan wel wat verantwoordelijkheidszin en ernst gebruiken, zo'n losbol! En waar anders dan in het huwelijk kan je dat leren, waar of niet?'

'Ze is nog niet geslachtsrijp, Lodewijk, al kan het nu elk moment gebeuren. Maar je hebt gelijk. Van uitstel komt al te vaak afstel, kijk maar wat er met Margriete gebeurd is.'

'Een oude geit geeft bovendien taai vlees, Anselm. Wat zou je zeggen van een trouwfeest zodra je terug bent van je reis? Dan is Brugge bekomen van het huwelijksfeest van Tommasso Portinari, want dat is volgend jaar al gepland. Ik wil zeker niet in het vaarwater van de Florentijnen terechtkomen.'

'Nog nieuws over Tommasso? Ik zie dat hij er niet is vandaag?'

'Heb je 't nog niet gehoord? Zijn aanstaande vrouw is vandaag aangekomen en er is een receptie te harer ere aan het hof van de De Medici's. Maar jij en ik zijn niet uitgenodigd. Alleen voor de Florentijnen!'

'Heeft hij nog iets gezegd tegen jou over...' Vader wrijft veelbetekenend over zijn kin.

'Geen woord, geen woord! Waar jij je allemaal zorgen over maakt! Zet die nu even opzij en kom mee genieten van een prachtige vette gans en lekkere wijn, rechtstreeks van het hertogelijk hof. Je zal niet weten wat je proeft.'

Heer Lodewijk maakt een buiging voor Lowyse. 'Zo doen ze dat aan het hertogelijk hof: Mag ik u begeleiden, edele dame?' Hij steekt haar arm door de zijne. Zo schrijden ze naar de grote eetzaal, waar de rest van het gezelschap al klaarzit. Hij brengt haar naar de stoel vlak naast die van zijn zoon Jehan.

'Ga jij hier maar zitten, Lowyse.'

Vader lacht: 'Vind je niet dat ze goed bij elkaar passen als je ze zo naast elkaar ziet zitten?'

Lowyse staart naar het vuurrood aangelopen hoofd van haar toekomstige echtgenoot. Hij ziet eruit als een verschrikte kalkoen. Ze draait zich haastig van hem weg en kijkt recht in de ogen van Margriete. Die trekt een gezicht dat boekdelen spreekt: waarom jij wel en ik niet, Lowyse?

De prinses wil dit, de prinses wil dat, Margriete wordt er ongelooflijk kribbig van. Nu vraagt ze weer een extra kamenierster! Zijn de twee meiden die we voor haar in dienst namen misschien niet goed genoeg? Nee, ze wil nog een meid erbij en liefst eentje die dat taaltje van haar spreekt. Waar moeten we zo iemand gaan zoeken hier in Brugge? Maar vader zegt: het is goed, alles wat de prinses beveelt is wet voor vader. Dus zet hij zijn beste beentje voor en is de hele dag te paard op zoek naar een Schotse kamenierster. Hij komt terug met een kromgebogen donkerogend mens met een stekelige kin. Waar heeft hij die gevonden, ergens onderin een beerput? De prinses is in de wolken, ze begint meteen in het Schots te tateren als een kind en de oude harpij knikt en knielt en krast en streelt de hand van haar nieuwe meesteres.

Vanaf nu heeft Mary Stewart een schaduw. Overal waar zij gaat, gaat de harpij. Ze slaapt op een mat voor het bed als een echte waakhond. Mary ziet er nu rustiger uit, blijer zelfs. Voor het eerst gaat ze mee naar de kerk, ook als Boyd er niet bij is, en dat maakt vader en alle vrome kerkbezoekers ook content.

Lowyse is erbij als Boyd de nieuwe gezelschapsdame van Prinses Mary onder ogen krijgt.

Hoe kijkt hij? Zoals hij keek toen hij zijn mes in de kin van Portinari stak. Maar hij zegt geen woord.

Katelijne kwettert des te meer als de kinderen 's avonds voor het slapengaan met z'n twaalven nog even allemaal samen bij het haardvuur zitten. 'Schotland is een duivels- en heksenland, kijk maar naar de harpij! Wedden dat ze een bochel heeft en klompvoeten?'

Anselm junior doet er nog een schepje bovenop: 'Weet je dat ze een bezem heeft? Een echte heksenbezem, en daarmee vliegt ze bij volle maan door de lucht. Morgen is het zover!

Doe jullie ogen maar stijf dicht als je in je bed ligt, want als je ze open doet en je haar ziet, verander je, wis en waarachtig, in een dikke vette pad!'

Iedereen schuift huiverend en genietend dichter bij elkaar en bij het licht van het vuur. Betkin begint van angst te huilen. Dat mag niet, Heilige Betkin mag nooit huilen.

Margriete springt op en neemt het kleintje op haar arm. 'Nu is het genoeg geweest! Durven jullie wel!'

Ze zijn allemaal bang van de harpij. Tot de oudste jongens toe, al zal niemand dat bekennen. Maar voor de prinses is de harpij een schoothondje, en nog eentje dat haar taal spreekt op de koop toe. Als Lowyse haar ziet liggen slapen aan de voet van het bed van haar meesteres, stelt ze zich voor hoe ze in woest gekef uitbarst als iemand haar baasje durft te benaderen.

Voor Katelijne is de komst van de harpij een nieuw teken aan de wand. 'Van kwaad tot erger', zegt ze en ze spreekt het woord kwaad uit met een krullige hoofdletter waarop tientallen kleine duiveltjes met roodgloeiende vorken elkaar verdringen om een plaatsje.

Boyd barst uit zijn voegen van vriendelijkheid. Lowyse ziet hem na de hoogmis in Sint-Donaas langs de Dijver paraderen met een stralende Mary Stewart, haar arm door zijn arm, prinsesseriger dan ooit. Achter het echtpaar aan, op een veilige afstand, hobbelt de harpij. Af en toe kijkt Boyd naar haar om. Dan verandert zijn gelaatsuitdrukking compleet. Als hij kon, zou hij dat vervelende aanhangsel meteen de reien in schoppen.

Eindelijk krijgt Lowyse ook het verhaal van Boyds ontsnapping uit Schotland te horen. De jongens hangen aan zijn lippen, terwijl hij het hen op een avond bij het haardvuur vertelt. De keukenmeiden komen meeluisteren en zelfs Katelijne wil wel horen wat hij te vertellen heeft. Maar het is vooral Margriete die onder de indruk is.

Koning James was net achttien geworden toen het huwelijk met Prinses Margarete van Denemarken gearrangeerd werd. Zoals steeds, was het de Boyd-clan die voor de praktische organisatie zorgde en Thomas Boyd erop uit stuurde om de nieuwe bruid van de koning af te halen.

Toen zijn schip met de Deense prinses aanmeerde, bleek alles veranderd voor Thomas Boyd. Zijn clan was in ongenade gevallen, zijn oom Alexander Boyd was vermoord en een doodsbange Mary stond hem op de kade op te wachten, omringd door onwennige soldaten van de koning die niet wisten hoe of wat. Boyd, die ze jarenlang trouw gediend hadden, gevangen nemen? Mary de mond snoeren? De Deense prinses in ontvangst nemen zoals eerst was afgesproken?

In die verwarring slaagden ze erin te ontsnappen. Boyd had Margarete met veel bravoure aan de soldaten overgedragen, terwijl Mary het met de kapitein van het karveel op een akkoordje gooide om onmiddellijk rechtsomkeert te maken. Nog voor het gezelschap op de kade door had wat er gebeurd was, had het schip weer het wijde sop gekozen met Mary Stewart en Thomas Boyd veilig aan boord.

'Wat een moedig en krachtdadig man', becommentarieert Margriete het verhaal achteraf tegen haar zussen.

'Een lafaard die vlucht voor zijn eigen lot', smaalt Katelijne.

Lowyse wenst dat ze in het hoofd van Thomas Boyd kan kijken. Wat zou ze daar vinden? Zou de stank van zwavel haar tegemoetkomen, zou ze overvallen worden door ontelbare kwelduiveltjes en evenveel snode plannen? Is hij het Kwaad in eigen persoon, zoals Katelijne beweert? Of is hij simpelweg wie hij is? Een man gewoon aan macht, gedwongen om aan de kant te staan en af te wachten, afhankelijk van de goede wil van anderen. Hij heeft Prinses Mary nodig om haar broer van zijn goede wil te overtuigen, hij heeft Anselm Adornes nodig om hem een vrijgeleide te bezorgen. Die twee zullen hem weer in zijn oude positie brengen, daar is hij zeker van. Maar het duurt, het duurt... Je ziet het hem zich zo afvragen: Is deze ballingschap mijn beloning voor jarenlange trouwe dienst aan Koning James?

LOWYSE ZIET BOYD samen met Margriete het erf af drentelen, het achterpoortje door. Waar naartoe, waar in godsnaam? De kleintjes hangen rond Lowyses rokken, ze kan ze niet van zich afschudden en die twee achterna gaan. Steeds meer wordt ze tot oppas gebombardeerd nu Margriete de rol van moeder helemaal heeft overgenomen en niets doet dan regelen en commanderen. Met die bidautomaat van een Katelijne is niets aan te vangen, dus komt al het echte werk op Lowyses schouders terecht.

Een kille noordenwind blaast over het binnenplein, maar ze blijft koppig in de deuropening staan wachten en doet alsof ze het gegil en gekrijs van de jongste kinderen niet hoort. Margriete komt alleen terug. Ze heeft een hoogrode blos op haar wangen en haar ogen glinsteren.

'De badstoof', zegt ze, buiten adem, terwijl ze de deur achter zich dichttrekt. 'Ik heb heer Boyd de weg naar de badstoof gewezen.'

Lowyse gelooft haar oren niet. 'Je bent met hem naar de badstoof geweest? Ben je op je achterhoofd gevallen?'

'Die om de hoek, in het Stoofstraatje, die ken je toch? Bovendien heeft niemand ons gezien, het was maar een klein eindje lopen. Kijk niet zo, Lowyse, een hele deftige bedoening is het daar, alleen voor de heren.'

'Kan hij niet gewoon aan een van de meiden vragen om een badkuip voor hem te vullen? Of, als hij toch naar een badhuis wil, kunnen zij hem ook best de weg wijzen, ik snap niet waarom jij dat moet doen.'

'En ik snap niet waarom jij me opeens zo brutaalweg de les komt lezen. Heer Boyd is een man van de wereld, iemand die aandacht heeft voor dames en ze correct behandelt.'

Zoals een kat met een muis speelt. Een tikje, even laten rusten.
Weer een tikje. De muis rent, wordt gevangen, verstijft. De kat
laat los, wacht en lacht. Doe maar, muisje, je bent vrij, loop
maar weg! Waarom beweeg je niet? Wil je toch graag dat ik
dichterbij kom?
Is een kat slecht als hij met een muis speelt? Of is het gewoon
de aard van de kat? Lowyse heeft het anders geleerd: een kat
is altijd kwaadaardig. De kat is een duivels dier, punt en
daarmee uit. Een heksenvriendje, een brenger van onheil. De
muis die in zijn buurt durft te komen, heeft zelf zijn ellende
gezocht en verdient niet beter. En de kat? Die hoort in de hel.
Natuurlijk.

'Een drankje, heer?'
Het is de avond waarop vader naar de bijeenkomst van de
Broederschap gaat. De prinses is vroeg naar haar bedstee
getrokken, haar waakhond in het kielzog. Margriete heeft de
meiden weggestuurd.
Ze blijven nog met z'n drieën over in de bibliotheek. Boyd
hangt op de bank en staart in het haardvuur. Hij kijkt op, lacht
breed naar Margriete die zich voorover buigt om hem in te
schenken. Lowyse ergert zich. Het geeft geen pas dat de
vrouw des huizes zoiets zelf doet. Margriete zou beter moeten
weten dan zich zo te verlagen.
Lowyse zit op het schapenwollen haardkleed en bladert in
Karel ende Elegast. Echt lezen lukt vanavond niet, dus
droomt ze weg bij de felgekleurde plaatjes. Hier roept de
Engel Karel op om te gaan stelen. Zijn grote blauwe vleugels
doen haar aan die van een duif denken. Kijk hoe zelfs de
machtigste keizer moet buigen voor de ondoorgrondelijke
Wil Gods! Wat verder ligt de verrader Eggeric te kronkelen

van angst, onder het zwaard van de loyale, eerlijke Elegast.
In de trekken van de boosdoener ziet Lowyse het zelf-
genoegzame gelaat van Thomas Boyd verschijnen. Ze kijkt
op, hij staat over haar heen gebogen en zijn wijnadem slaat
in haar gezicht.
'Ze ziet er in het echt nog knapper uit dan op dat portretje van
Heer Pieter, vind je ook niet, Margriete?'
Lowyse staat snel op en glijdt onder de uitgespreide armen
van Boyd vandaan. Hij doet geen moeite om haar tegen te
houden. Ze stopt het boek weer in zijn foedraal en schuift het
voorzichtig op het schap. Daarna maakt ze een kniebuiging.
'Goede nacht, heer, Margriete.'
Boyd wappert haar minzaam weg. Margriete doet of ze haar
zusje niet ziet.
'Nog een slokje wijn, heer?'

Ze drukt zich dicht tegen de slapende honden aan en boort
zich zo diep ze kan in haar strozak. Hun warme lijven houden
de koude wind tegen die tussen de kieren giert. De luiken
klepperen. Het huis kraakt en kreunt.
Is het het huis wel? De honden schijnen niets te ruiken of te
voelen, maar Lowyse gaat rechtop zitten. Welke schaduwen
bewegen er door de nachtelijke gangen? Zwerft de geest van
Livina nog steeds rond, samen met de zielen van de andere
dode zusjes, de twee verdoemde Elisabeths? Lowyse ziet
hun schimmen weeklagend voorbijschuiven, Elisabeth
en Elisabeth, als tweelingzusjes, met tussen hen in dat
monstertje met het wiebelige grote hoofd. Ze slaat haar
handen voor haar ogen en de drie schaduwen vermengen
zich tot één.
Daar is de Engel, de Engel die ook Keizer Karel bezocht, en

hij roept haar op om op te staan en met hem mee te gaan, hij heeft een dringende boodschap, iets dat ze weten moet. Ze glijdt tussen de honden vandaan, rillend in de plotse kou, en slaat haar deken om zich heen. De schaduw van de Engel is al verdwenen, maar ze hoort het ruisen van zijn veren door de deur van de voorplaats die halfopen staat. In de lage flikkeringen van de laatste vlammen van het haardvuur ziet ze de dichtgetrokken gordijntjes van het prinsessenbed, ziet ze de harpij, ronkend op haar rug voor het bed. Naar de bibliotheek, ze voelt de warmte al voor ze de deur openduwt. Hier brandt het haardvuur heftig en heet.

Heeft de Engel haar naar de Hel geleid? In de hevige rode gloed van de laaiende vlammen ziet ze het naakte mensen-offer liggen op de schapenvacht. De prins der duisternis staat met de rug naar Lowyse toe, gehuld in een lange zwarte mantel. Hij daalt langzaam tussen de gespreide benen van zijn slachtoffer neer. Neer en neer en neer. Tot hij haar helemaal verpletterd heeft.

Waar wacht je op, Lowyse?

Ik geef me over aan Uw wil, o Heer.

Lowyse, waar wacht je op?

De Engel slaat met zijn vleugels in haar gezicht, slaat haar wakker. Ze schreeuwt. Ze is een en al schreeuw. Niet zoals Elegast die het verraad van Eggeric in alle stilte aanhoorde, Eggeric die zijn vrouw zo hard sloeg dat het bloed in de handschoen van Elegast droop. Nee Lowyse, dit is anders, het bloed druipt niet van Margrietes gezicht maar van tussen haar benen. Ze rent weg, een witte vlek, haar handen voor haar kruis. Daar staat vader opeens, en Boyd die zijn zwarte mantel in een snel gebaar om zich heen slaat en alle jongens komen kijken en Katelijne en de dienstmeiden en vader zegt, niets aan de hand en Boyd gaat boven op de helrode bloedplekken op de schapenvacht staan en lacht breed en verontschuldigend.

TWEE HAVELOZE KERELTJES tegen elkaar aangedrukt in een hoekje van de kroeg. De grootste jongen had zijn arm rond de schouder van zijn vriend gelegd. Hoewel je door de grote vilten hoed, die dat spichtige ventje droeg, zijn gezicht niet kon zien, was het duidelijk dat hij zich helemaal niet goed voelde. Zijn schouders schokten alsof hij huilde. Had hij een pak rammel gekregen? Het zou best kunnen, maar dan had hij die gewis verdiend. Zulke straatjochies waren immers tot alles in staat.

Wat niet weet, wat niet deert, dat was het motto in De Groene Papegaai. De waard snoefde er vaak mee dat dit zijn spreuk zou zijn als hij een wapenschild had zoals al die hoge heren op hun paard die zijn herberg steeds voorbijreden en niets achterlieten dan stinkende vijgen voor zijn deur. Een schild met een kruik schuimend bier erop, en daaronder grote gouden kronkelletters zoals je in de kerk onder het kruisbeeld van de Heer zag: 'Wat niet en weet en deret niet.' Schoon! Schoner dan de rare schilden met die drie vingers op van die Schotten die weer eens luidruchtig aan het enige tafeltje hingen dat zijn kroegje rijk was. De krukjes kraakten onder hun gewicht, hun schilden en zadeltassen lagen opzij in een hoek, een van hen had zijn maliënkolder er boven op gegooid, geen ridders van stand, zoveel was wel duidelijk. Maar ze betaalden altijd, rijkelijk en zonder morren, als hij weer eens de rekening gepeperd had, en dat was waar het allemaal om draaide, waar of niet? Goede klanten en dat ze geen Vlaams konden was mooi meegenomen, zo hoefden zijn vaste toogganers niet op hun woorden te letten.

Niemand die zich in hun buurt waagde, behalve die ingeweken landgenoot van hen, een Schot die al jaren op de abdij van Sint-Trudo in Odegem werkte, hoe heette hij ook alweer? Och ja, Arend natuurlijk, zo noemden ze hem hier. Wat zijn Schotse naam ooit geweest was, mocht de duivel weten. Symoen Arend, hij had haar dat in brand leek te staan, een lelijke roofvogelkop met een neus waaraan je je messen kon wetten en een kwade dronk over zich. Goed gezelschap voor die Schotse ridders, soort zoekt soort.

'Is het de vloek, Luigi?'

'Niet de vloek, Seppe, iets veel ergers.'

De vloek, daar stond hij machteloos tegen, wist Seppe. Maar al de rest...

'Wat is het dan? Ik zal je helpen. We zullen er samen tegen vechten.'

Luigi maakte het gebaar dat Seppe zo goed van hem kende: haalde zijn schouders op, trok zijn hoed dieper over zijn oren.

Warre de Wrat stond aan de toog een betoog te houden dat kant nog wal raakte, zijn vinger tegen de enorme harige puist op zijn kin alsof het een knopje was waarmee hij een waterval van woorden aan de gang hield.

'Stel je voor dat we alleen maar water dronken? De wereld zou er helemaal anders uit zien. Water? Voor de vogels en de vissen. Ik zeg je één ding, zodra de mens water begint te drinken, is het er voorgoed mee gedaan. Dat overleven we niet lang meer.'

'Jij zeker niet, nog geen halve dag,' repliceerde de waard razendsnel. De toehoorders barstten in lachen uit.

'Ik ken een kruidenvrouw die zweert bij bronwater.' Mie Mossels stem schetterde boven alles uit.

'O ja? Ze probeert zichzelf in een kikker te veranderen zeker?' Weer gebulder alom.

De enigen die niet mee lachten waren de Schotten en hun

maat aan het tafeltje, de knaapjes in de hoek én Lange Vinger die zenuwachtig heen en weer doolde tussen het tafeltje en zijn drinkebroers aan de toog.

'Wat is er met Vinger aan de hand?' vroeg de waard aan Warre.

'Hij heeft een prooi geroken! Heb je niet gezien hoe die roofridders daar een zadeltas met munten hebben neergegooid? Een zware tas, hij bonkte op de grond. Pikkedief wil er een paar muntjes uit weggraaien.'

'Stil toch, niet zo luid.'

'En waarom niet, die buitenlandse apen verstaan er toch geen woord van.'

'Ik wil geen herrie in mijn herberg, Warre. Ze betalen, en dat is alles wat me interesseert.'

'Ga ze pakken, Lange Vinger, neem ze te grazen,' moedigde Warre de pikkedief aan.

'Als je maar zorgt dat je snel genoeg wegkomt, Vinger. Ik ga je niet beschermen, als je dat maar weet.' De waard draaide zich demonstratief om en begon met een hoek van zijn schort de gebruikte kruiken af te vegen.

Warre wist van geen ophouden. 'Je mag je daarna onder Mie's rokken verstoppen, daar durven ze je vast niet te zoeken.'

De waard was er niet gerust in. 'Kom er nog een drinken en vergeet die duiten, je brandt er je vingers aan!'

'Hij gaat toch niets beginnen tegen die kerels van Boyd?'
Ze waren allebei rechtop gaan zitten.
'Wat ga je eraan doen, Luigi? Ze afleiden, een dansje doen?
Blijf jij maar waar je bent, je kan beter geen aandacht trekken.'
'Als ze hem pakken?'
'Niemand heeft Lange Vinger ooit te pakken gekregen.'

Seppe merkte hoe Luigi zich tegen hem aandrukte en voelde zijn smalle hand in de zijne. Hij kneep. Ademloos keken ze toe hoe de gauwdief met dat onnozele grijnsje van zijn halfopen tandeloze mond steeds opnieuw vlak langs de ridders scheerde, schijnbaar dronken, terwijl hij een verward kletspraatje hield met de andere kroegmakkers die lacherig toekeken.

Seppe had hem al bezig gezien op de Markt, tijdens de executies, als het bloeddorstige volk zo dicht opeengepakt stond dat je nauwelijks nog naar adem kon happen. Je zag wat hij deed omdat je wist dàt hij het deed. Hoe zijn vingers naar de beurzen glipten als gladde aaltjes, ontsnapt uit de tas van een slordige visser. Sneller dan een bliksemflits verdween de buit onder zijn wijde hemd. En dan, weg ermee! Wringen tussen de massa, een vloek, een schop, een elleboogstoot. Het kon hem niet deren. Lange Vinger was de beste in zijn vak, zeker weten.

Het spichtige mannetje was vliegensvlug, de ridder naast de zadeltas met geld nog vlugger. Hij was de grootste en breedste van de Schotten en scheen een gezapige kerel zoals hij daar breed uiteengezakt zat op het krukje. Niemand zou verwachten dat hij zo snel zijn zwaard kon trekken. Hij sloeg toe met zo'n kracht dat de tengere dief even om zijn as rondtolde voor hij op zijn knieën neerviel. Het bloed spatte in het rond.

De pikkedief hield zijn hand omhoog waaruit het bloed in gulpen naar buiten stroomde op de plaats waar zijn mooie, trotse lange vinger had gezeten. De Schotten stonden om hem heen in een dreigende kring, met getrokken zwaarden. En in de hoek achter de toog gedrongen, hun armen boven hun met bloed bespatte gezichten in doodsangst, de drie anderen:

Warre, de Waard en Mie Mossel die al haar rokken boven haar hoofd had gegooid zodat je nu haar vunzige gescheurde onderrok kon zien en wat ze daar allemaal mee deed om zo intens te kunnen stinken.

De enige die geen kik gaf was de arendskop Symoen. Die bleef rustig op zijn krukje zitten en nam nog een slok van zijn bierpul. Hij had een grijns op zijn gezicht, de brede, bloeddorstige grijns van een roofdier. Had hij Lange Vinger verraden?

Luigi stond met open mond te staren. Seppe dwong zichzelf uit zijn verlamming. 'Er vandoor! We moeten hier weg voor de mannen van de schout er zijn!'

Ze doken door het lage deurtje naar buiten.

'Waar rennen jullie naartoe, wezeltjes?' Hoe had hij zo snel achter hen aan kunnen komen? Symoen Arend versperde hen de weg, een toorts in de ene, een blinkende dolk in de andere hand.

'Jullie wilden toch niet snel de kolfdragers erbij halen zeker?' Hij wipte met de punt van zijn mes Luigi's vilthoed van zijn hoofd en hield de toorts vlak bij hun gezichten. 'Twee melkmuiltjes nog, hè? Jullie tronies zal ik overal en altijd blijven herkennen. Snaveltjes dicht is de boodschap, want anders...' Hij maakte een zwiepend gebaar met zijn mes. 'En nu, rennen maar!'

Luigi dook snel naar zijn hoed, maar terwijl hij zich bukte, gaf Arend hem een schop tegen zijn billen zodat hij languit op de grond viel. Seppe hielp zijn vriendje overeind en zo kwaad het kon hobbelden ze er vandoor, zonder hoed. De bulderlach van Symoen Arend vermengde zich met het wanhopige gekrijs van Lange Vinger en achtervolgde beide vrienden tot diep in hun dromen.

'Daag Boyd uit voor een duel en je bent morsdood, Anselm. Op jouw leeftijd nog met een zwaard staan zwiepen, nee toch? Als je hem nu openlijk beledigt, wacht hij misschien niet eens tot het duel, maar laat hij zijn mannetjes jou 's nachts te grazen nemen. Waar sta je dan met je vrouw en dochters en je eer en geweten? En je zit nog met die prinses opgescheept, wat gebeurt er met Prinses Mary?'

'In godsnaam, Magelaes, ik moet haar veilig terug in Schotland zien te krijgen, dat is mijn plicht. En ik heb haar gezworen dat ik Thomas Boyd zou beschermen.'

'Heel ridderlijk en dwaas van je! Hoe ga je dat klaarspelen als je binnenkort op bedevaart vertrekt?'

'Ik weet het, ik weet het, ik kon geen slechter samenloop van omstandigheden bedenken.'

'Hoe ver zijn de voorbereidingen al gevorderd?'

'Te ver, ik kan niet meer terug. Hertog Karel heeft al gezanten gestuurd met een hele vragenlijst over mijn reiservaringen die ik voor Zijne Hoogheid moet beantwoorden, de schepen zijn gereserveerd, mijn reisgenoten staan klaar, het zijn belangrijke personen... Als ik nu afzeg...'

'...verlies je je eer en je aanzien. Weer een keer. Hoeveel keer kan een edelman zijn eer en aanzien verliezen?'

'Eindeloos veel keren, Magelaes... want je weet nog lang niet alles. Het is niet alleen mijn belofte aan de prinses die me aan handen en voeten bindt. Met wat Boyd over mij weet, kan hij me aan de galg praten. Als ik hem niet kan doden in een duel, blijft hij me stevig in zijn greep houden. Stop dus met me te tergen en geef me jouw advies.'

'Zorg dat je dochters veilig zijn en laat die Boyd uit zichzelf in zijn ongeluk lopen. Je bent niet tegen hem opgewassen.'

'Ik ben geen lafaard!'

Magelaes stond op, zijn imposante figuur vulde de hele kamer.

'Doe wat je moet doen en doe het waardig. Maar zorg dat je dochters veilig zijn als je straks weg bent. Je weet ook hoeveel gevaren een dergelijke reis inhoudt. Ik ken er meer die onderweg naar Jeruzalem bezweken zijn dan die het levend hebben gehaald. Hoe lang zou je onderweg zijn? Twee jaar?'

'Ik hoop toch na een jaartje terug te zijn.'

'Dan zal je veel geluk moeten hebben. Nu, één troost: misschien is de toorn van Koning James wat geluwd tegen de tijd dat je terugkomt.'

'De Schotten zijn een wreed en woest volk, geloof me maar. Snel met het zwaard en vurig van bloed. Maar het is niet hun wraak die ik vrees...'

'Een reden te meer om je koest te houden. Je hebt hoge vrienden, Anselm, maar zullen ze je steunen als je in ongenade valt?'

'Ik moet nadenken, Magelaes, God geve dat ik de juiste beslissing neem. Moge de Heer mijn geest leiden.'

Lowyse is de laatste aan wie vader zijn besluit vertelt. Haar oudere zussen zijn samen de bibliotheek uit gekomen, Katelijnes gezicht een zelfvoldaan masker, Margriete snikkend, gebogen, verloren. Ze hebben geen woord tegen hun jongere zusje gezegd, haar zelfs niet in de ogen durven kijken.

Vader gaat dicht tegen haar aan zitten op de bank. Voor de haard, waar het schapenvel lag, is een lege plek.

'Herinner je je nicht Amplunie nog, ze is nu kloosterzuster in de abdij van Sint-Trudo in Odegem...'

Het is geen begin, het is een einde. Er zijn zoveel vragen die ze niet kan stellen. Waarom? Waarom ik?

'Het moet', zegt vader. 'Het is Gods wil. En nicht Amplunie, nicht Amplunie zal voor je zorgen, daarginds, het is niet ver van Brugge en met Kerstmis, met Kerstmis krijg je bezoek, en met Pasen ook, niet huilen Wieske, niet huilen, het moet zo zijn. Ik vertrek, ik kan niet voor jullie zorgen, alleen God weet wanneer ik terugkom... het moet zo zijn, daar ben je veilig, veilig, veilig...'

Wat betekent dat: veilig? Bij vader is ze veilig, nergens anders.

'Ik zorg ervoor dat je niets tekort komt, Wieske. Voor ik naar Jeruzalem vertrek, maak ik mijn testament op en ik zal je niet vergeten. Ik heb nog die twee schilderijtjes van Van Eyck. Ze zijn wel niet helemaal af, ik had graag op de zijluikjes de portretten van je moeder en mij gehad. Maar aan wie moet ik dat vragen? Pieter Christus heeft een heel andere stijl dan Van Eyck en als ik het aan Memling durf te vragen, is Pieter weer beledigd; maar goed, ze zijn toch al een fikse duit waard ondertussen. Eentje voor jou en eentje voor Margriete.'

'En Katelijne dan?'

'Katelijne wenst niets van me. Ze wil in zuivere armoede

leven, maar misschien kan ik haar convent overtuigen toch jaarlijks een kruik wijn van me aan te nemen. Ze zijn streng daar in dat nieuwe clarissenklooster in Gent waar ze koppigweg naartoe wil.'

'Vader, moet dit nu echt?'

'Ik ben bang, mijn kind, bang voor jullie veiligheid als ik er niet meer ben. Begrijp dat dan toch!' Hij staat bruusk op en met hem zijn honden. 'Ik heb nog wat zaken af te handelen.'

'Mag ik u nog een gunst vragen?'

Hij knikt, aait haar over het hoofd zoals vroeger. Tegelijk kijken ze naar het schilderij dat nog steeds in de hoek op de ezel staat. Een nutteloze investering.

'Mag ik voor de laatste keer met u mee? Naar de schepen kijken?'

'Natuurlijk, Wieske, natuurlijk, als het dat maar is. Weet je wat, we gaan naar Sluis, daar kan je de grote zeilschepen zien. Het karveel van Baroncelli ligt daar, wel honderd roeiers heeft het, hebben ze mij verteld. Het grootste karveel dat ooit Sluis heeft aangedaan! Ja, daar moeten we naartoe.'

Lowyse krijgt kippenvel bij vaders plotselinge onbezorgde gebabbel.

MIE MOSSEL LIEP VOORBIJ met een rieten mandje om haar arm. Ze neuriede een toonloos deuntje en zwiepte de mand blij heen en weer als een kind dat paddenstoelen mag gaan plukken in het bos.

'Waarheen, Mie?'

'Ah, ben jij het, Seppe.'

'Hoe is het afgelopen met Lange Vinger?'

Mie schudde haar hoofd. 'Dat wil jij niet weten! Ik heb nog nooit van mijn leven zo'n slachtpartij gezien. Ik ben nog steeds het bloed van de muren aan 't schrobben.'

'Wat heb je verteld aan de schout?'

'Schout, mijn voeten! Geen schout of kolfdragers gezien. En ik ga hen niet zelf roepen, dat kan je je wel voorstellen. Die smerige Schotten hebben zelfs hun rekening niet betaald. Die Magere Hein moet mijn staminee ook niet meer binnenkomen, die Arend of hoe hij ook mag heten. Arme Lange Vinger, God hebbe zijn ziel. Niemand zal hem missen, de sukkelaar. Ik zal hem missen, dus zal ik wel niemand zijn zeker? Hij had kind noch kraai. Alleen De Groene Papegaai, dat was zijn thuis. De brave jongen, alles wat hij kon pikken, kwam hij netjes bij ons uitgeven.' Wat een litanie! Ze snakte naar adem, bleef even staan om het mandje beter over haar arm te schikken. 'Wil je eens zien wat er in zit?'

Ze nam de doek van de mand en schoof het stro wat opzij.

'Hij bewoog nog,' zei ze. 'en hij blijft bewegen. Als dat geen mirakel is. De rest van hem hebben we in de reien gegooid. Veel was het niet meer, nadat ze met hem klaar waren.'

Tussen het stro lag de bloederige beruchte lange vinger van de pikkedief.

'Hij beweegt, zie je het?'

Seppe zag de vinger trillen op het ritme van een voorbij-
rijdende kar.

'Ik ga hem nu begraven aan de bron bij de heilige eik voorbij
de Koolkerkse Poort', fluisterde ze. 'Dat brengt geluk. Maar
niet verder vertellen. Beloof je het?'

Hij knikte verstrooid, stak zijn eigen vinger uit naar de dode
vinger. Die voelde vreemd warm aan. Hij trok zijn hand terug
alsof hij zich verbrand had. Mie lachte kakelend en duwde het
stro weer op zijn plaats, legde de doek over haar schat heen.

'Hoe gaat het met dat vriendje van je?' vroeg ze, terwijl ze naar
de vesten liepen.

Seppe haalde zijn schouders op.

Ze keek hem doordringend aan en haar kleine kraaloogjes
glinsterden.

'Het is de vloek, hè?'

Daar schrok hij van.

'Wat weet jij van de vloek, Mie Mossel?'

Vader heeft voor de tocht naar Sluis een sloepje geleend uit de
vloot van Magelaes. Het scheepje heeft net een lading wijn
afgeleverd aan de Kraanplaats en over het bootje hangt nog
een weeë walm van wijn.

'Het water staat troebel,' merkt vader op, terwijl hij Lowyse
het schuitje in helpt, 'gelukkig zijn de reien pas proper
gemaakt, 't zou anders nogal stinken.'

De bootsman knikt en trekt zijn neus op. 'Maar de waterratten
hebben ze er niet door weg gekregen, heer. Gisteren is er
onder mijn neus weer een half opgevreten lijk uit het water
gehaald. Aan zijn kleren te zien een arme sloeber. Zijn hemd
was zo dun dat het al honderd levens moet zijn meegegaan.
Een of andere afrekening vermoed ik, want zijn beide armen

waren afgehakt met een zwaard voor hij het water in ging. En
zijn gezicht, daar bleef ook niet veel van over.'
Vader gaat met zijn arm om Lowyse op de achtersteven zitten.
'Wat een prachtige herfstdag. Mag ook wel eens, na al die
stormen van de voorbije weken. God is met ons vandaag,
Wieske.'

Mie Mossel keek verontwaardigd.
'De vloek? Ik weet alles van de vloek! Een vrouw die
vruchtbaar is, verliest elke maand bloed. Dat is de vloek.'
Seppe schuifelde onbehaaglijk heen en weer bij zo veel
duidelijke taal. Al die vieze vrouwendingen, daar begon je
toch niet over tegen een man?
'Dat weet ik allemaal allang,' reageerde hij stoer, 'ik zie dat
van mijn moeder, het lekt tussen haar benen vandaan en
vader zegt dat het stinkt en wil dan niet bij haar slapen. Ze
bindt doeken tussen haar benen en staat die achteraf uren te
schrobben.'
Mie Mossel knikte. 'Zo is dat. Bloed en pijn, elke maand
opnieuw, dat is de vloek van de vrouw.'
Aan de Koolkerkse Poort was het razend druk. Mie bleef even
staan uitrusten tegen de reling van de brug met de Potterierei.
Het was er een voortdurend af- en aanvaren van vracht-
scheepjes die van het rustige weer profiteerden om hun lading
de stad binnen te brengen.
'Kijk daar eens, Adornes en zijn dochter!'
Een rijkelijk geklede heer met een jong meisje naast zich,
allebei in het zwart gehuld alsof ze naar een begrafenis gingen,
zaten op de voor de gelegenheid met fluwelen kussens bedekte
bank van een sloepje. De roeier zong een vrolijk deuntje maar
de twee op de bank zaten er woordeloos en somber bij.

Toen het sloepje onder de brug passeerde, keek Anselm Adornes op, fronste naar Seppe, scheen hem plots te herkennen en stak zijn hand op, een en al minzame glimlach.

Mie had alleen oog voor het smalle, bleke gezicht van het meisje dat roerloos voor zich uit bleef staren en niets of niemand scheen te zien.

Ze kwam kreunend overeind van de leuning en keek Seppe nadenkend aan.

'Rijk, mooi en machtig zijn heeft ook zijn nadelen, Seppe!'

Bij de Heilige Eik loerde ze eerst voorzichtig om zich heen of er geen pottenkijkers waren en begon toen met klauwige hand te graven in het vochtige zand naast de bron.

'Vooruit, help me een beetje!'

De kuil moest diep zijn, diep genoeg dat geen hond erin zou komen krabben, en ze groeven tussen de wortels van de eik door tot ze een veilige diepe plek hadden.

'De Wortels van de Heilige Eik zullen hem beschermen.'

Mie haalde voorzichtig de vinger van de pikkedief uit haar mand en liet hem eerbiedig in de kuil zakken. Opeens hield ze op. 'Wacht! Voor ik hem helemaal laat zakken moet jij een dure eed zweren, kereltje!'

'Ik zal je niet verraden, Mie, dat weet je!'

'Daar heb ik het niet over, natuurlijk verraad je Mie Mossel niet, anders komt ze je toch betoveren in je slaap?'

Ze pakte zijn hand en dwong die over de bloederige vinger heen. Wie beefde er zo hard? Mie, Seppe, de vinger zelf?

'Je vriendje, je weet wie ik bedoel. Laat hem niet in de steek, hoor je me? Wat er ook gebeurt, laat hem niet in de steek. Zweer het, steek je twee vingers op en zweer het bij de vinger van de pikkedief!'

Er flitste een kleine donkere schaduw boven Seppes hoofd, hij liet de trillende vinger razendsnel los, klapte zijn handen boven zijn hoofd dicht en plette wat het ook was hard tot hij er zeker van was dat het niet meer zou bewegen.

'Een teken', zei Mie Mossel die ondertussen de aarde stevig over Lange Vinger heen drukte. 'Ik weet niet of het zo goed is tekens te vernielen, Seppe.'

Hij deed langzaam zijn handen open, bang van wat hij zou vinden.

Het harige lijfje was helemaal opengebarsten en geplet, maar aan de vleugels kon je nog heel goed zien wat het was.

'Luigi', fluisterde Seppe. 'Er gaat iets heel ergs met Luigi gebeuren.'

Mie nam het lijkje van de onrustvlinder uit zijn hand en legde het bij Lange Vinger in zijn graf. Ondanks de warme herfstzon liepen de koude rillingen over Seppes rug.

DEEL II

Sint-Trudo

Ẑ́E VERBERGT HAAR GEZICHT in de zachte kraag van
dure lynxbont, die ze als afscheidscadeau heeft gekregen
van vader, en duikt weg achter zijn rug op het moment dat
ze de imposante toegangspoort naar het abdijdomein
binnenrijden. Uit tegenovergestelde richting komt net een
voerman met een vol beladen kar stro. Vaders bediende en de
voerman groeten elkaar, vader knikt beleefd, de voerman
neemt zijn gedeukte vilthoed voor hem af en vader glimlacht
om de rode haardos die te voorschijn komt boven dat scherpe,
hoekige gezicht.
'Wat een lelijk mannetje', merkt hij op. 'Stap uit, Wieske, we
zijn er.'
Het lijkt wel een kasteeldomein. De hoge poort, de slotgracht
met zwanen, de vele gebouwen, de reusachtige kerk in het
midden... Ze hoort stemmen van kinderen die een lesje
opdreunen in het schoollokaal. Een werkman en een zuster
zijn bezig dode takken te verzamelen en in bundels te binden,
een andere non slaat noten uit de takken van de grote notelaar
vlak voor het kerkgebouw. Ze kijken op van hun werk,
knikken, buigen diep. 'Veel noten dit jaar', zegt vader tegen
de rapende zuster. 'Het wordt een koude winter.' Ze knikt, ze

glimlacht, komt naar hen toe en biedt Lowyse er een handvol van aan uit haar schort. Lowyse schudt het hoofd maar vader neemt er een paar en duwt ze in haar handen. Ze balt haar handen tot vuisten tot ze de pijn voelt, een kleine, harde kern van pijn.

Daar is de overste al, de abdis, noemt vader haar. Zij buigt niet, ze staat trots rechtop en kijkt vader in de ogen. Het is vader die een buiging voor haar maakt en haar een handkus geeft alsof ze een prinses is. Mevrouw Pieternelle van Aertrycke, ze moet ongeveer van moeders leeftijd zijn, maar ze heeft niets van moeder. Haar ogen staan helder, de hand waarmee ze Lowyse bij de schouder mee naar binnen neemt, is krachtig en zeer warm ondanks de vrieskou. In de ontvangstkamer wacht een tweede non die zich aan vader voorstelt als de priores. Catharina van Houboke heet ze en haar blik is zo mogelijk nog trotser. Haar bleke, bleke blauwe ogen hebben de kleur van de hemel op een ijzige winterdag. Terwijl vader en de abdis praten, kijkt ze naar Lowyse zoals iemand naar een lastige vlieg kijkt. Ze zwijgt, ze zwijgt zo nadrukkelijk dat het pijn doet aan Lowyses oren.
Trots vertelt Pieternelle van Aertrycke aan vader over het abdijdomein. Over het nieuwe scriptorium, de kaarsenmakerij en de brouwerij, over de boerderijen en de gronden die ze bezitten en die zich uitstrekken tot aan Brugge.
Hoeveel mensen er wonen op Sint-Trudo, vraagt vader.
De abdis denkt dat het er toch al honderd zijn als ze iedereen meetelt, ambachtslui, knechten en paters meegerekend.
'Honderdtwintig', verbetert de priores haar. Ze knikt kort in de richting van Lowyse. 'En dit hier is nummer honderd-eenentwintig.'

Nummer honderdeenentwintig heeft geluk. Op het moment dat vader vertrekt, arriveert nummer honderdtweeëntwintig. De tweede nieuwelinge, Walburgis van Meulebeke heet ze, ziet er nog piepjong uit maar toch heeft ze al de gesluierde, devote ogen van Katelijne.

Van Katelijne heeft Lowyse geen afscheid genomen. Hoe neem je afscheid van iemand die er nooit echt geweest is? Lowyse denkt terug aan hun laatste dagen samen. 'Bidden op water en brood', had Katelijne gezegd met een brede glimlach alsof ze het hiernamaals al kon ontwaren. 'Mijn nieuwe naam zal zuster Coleta zijn. Katelijne bestaat niet meer.' Margriete bestond des te meer. Paniek in haar ogen: 'De kleintjes, wat gaat er met de kleintjes gebeuren?' Maar vader had alles perfect geregeld. Net zoals de prinses kreeg moeder er nu ook nog een persoonlijke meid bij, en de kinderen kregen er zowaar twee.

'Ze hebben wel drie dienstmaagden nodig om jou te vervangen', had Lowyse getracht haar oudste zus te troosten, maar daar kwamen alleen nog meer tranen van.

'Het is misschien maar tot vader terugkomt', probeerde Lowyse nog eens. 'Misschien komt hij ons daarna weer ophalen.'

'Misschien jou wel, maar mij zeker niet. Ik ben onteerd, voorgoed. Ik kan niet meer terug.'

'Heeft Katelijne je dat wijsgemaakt?'

'Katelijne heeft gelijk. Ik had veel vroeger naar haar moeten luisteren. Ik was blind, ik was bezeten.'

Nu ze uit elkaars leven zouden verdwijnen, konden ze eindelijk oprecht zijn met elkaar.

'Na wat er die nacht gebeurd is, kan ik nooit meer trouwen, zal ik nooit moeder van mijn eigen kinderen zijn.'

'Het spijt me,' fluisterde Lowyse, 'het spijt me met heel mijn hart dat ik te laat kwam.'

Margriete had haar harnas weer aangetrokken. Het moment van vertrouwelijkheid was voorbij. Haar stem klonk dor en afstandelijk toen ze eindelijk op Lowyses woorden reageerde. 'Te laat waarvoor? Er is niets gebeurd dat ik niet zelf gewild heb.'

Ze had haar ogen gesloten en zich met de toppen van haar vingers zo hard op de borst geslagen dat het niet anders kon dan pijn doen. '*Mea culpa, mea maxima culpa!*'

'Maar waarom?'

'Ik kneep mijn ogen dicht en wenste dat hij die ander was'.

'Wie?'

Margriete had geweigerd te antwoorden.

In tegenstelling tot Lowyse is Walburgis met haar beide ouders en die beginnen meteen luid en opgewonden te praten tegen de abdis en iedereen die het wil horen.

'Dagenlang heeft ze niet gegeten', zegt de vader, een buikige koopman, overdadig behangen met goud. 'Wékenlang', verbetert de moeder, wiens hoed genoeg linten heeft om een kleermaker een jaar te bevoorraden.

'Tot ze haar zin kreeg', vult de vader aan. 'Ze moet en zal non worden. Niet dat ik daar iets op tegen heb hoor, integendeel', voegt hij er snel aan toe met een verontschuldigende blik op de aanwezige nonnen. 'Maar we hadden een mooi huwelijk in het vooruitzicht, een heel mooi huwelijk.'

Denkt vader ook aan Jehan van Gruuthuse? Hoe zal haar peetvader de verbroken huwelijksbelofte opvatten? Wat zal er nu met het schilderij van Heer Pieter gebeuren?

'Ik moet gaan', zegt hij snel, van de paar seconden stilte in het

gesprek gebruik makend. 'Tot binnenkort, Lowyse. Met Kerstmis komen we hier naar de nachtmis, dat beloof ik.'
'En ze is nog zo jong', lamenteert de moeder weer lustig verder. 'Nog geen tien!'
'We kunnen haar toch niet laten verhongeren?' verzucht de vader.

Anselm Adornes kijkt wanhopig. Hoe komt hij ooit weg van die twee kletskousen zonder onbeleefd te lijken? Walburgis laat alle drukte met een verzaligde blik over zich heen gaan. 'Sint-Wilgefortis is mijn favoriete heilige', vertelt ze ondertussen aan Lowyse. 'En de jouwe?'

'Sint-Ursula.'

'Oh, die...'

Kibbelen over je favoriete heiligen, het is altijd een leuk spelletje. Er valt natuurlijk veel te zeggen voor Wilgefortis: die slaagde er immers in om in één nacht tijd een afschuwelijke baard te laten groeien en zo te ontsnappen aan een godslasterlijk huwelijk. Bovendien werd ze daarom op gruwelijke wijze door haar eigen vader aan het kruis genageld en mocht ze meteen op een rode loper de hemel binnenschrijden. Toch kiest Lowyse steeds voor Sint-Ursula, de onversaagde avonturierster. Ze beeldt zich in hoe die zich moet hebben gevoeld toen ze afscheid nam van haar ouders om naar Rome te vertrekken en terug te keren als menselijk speldenkussen, doorzeefd met barbaarse pijlen.

Haar vader staat voor haar en neemt haar hand. Ze maakt een diepe buiging voor hem.

'Vaarwel, heer.'

Anselm Adornes draait zich snel om en beent weg, zonder nog om te kijken.

Lowyse is wat blij dat niet alle aandacht voor haar is. Nieuwsgierig naar de nieuwelingen verzamelen de leerlingen van het internaat zich in de dormter rond het bed van Walburgis. Ze zit trots op de armetierige strozak die ze heeft laten meebrengen. Voor haar eigen bed heeft Lowyse van vader een heel dure matras gekregen, van speciale eenden-dons gemaakt in Holland, de dikke deken is van de beste Schotse wol, de kussens zijn van zacht fluweel. Het bed van Walburgis is leeg op een ruige deken met gaten na.

'Ik had liever op de grond geslapen', fluistert Walburgis. 'Maar dat mag niet van de abdis. En een boetekleed mag hier ook al niet.' Ze trekt een pruillip en doet Lowyse aan Katelijne denken. Nee, Lowyse vindt Walburgis een griezelig kind en ze heeft haar bed zo ver mogelijk van het hare opgemaakt, helemaal in de hoek, vlak bij het raam aan de slotgracht waar niemand anders wil slapen omdat het er te veel tocht.

'Waarom ben je hier, Lowyse? Heb je ook een roeping?' vraagt Walburgis ernstig.

De andere meisjes giechelen met hun hand voor hun mond.

'Roeping? Heeft ze een slag van de molen?' fluistert er eentje.

'Ik ben hier maar voor even', antwoordt Lowyse snel. 'Tot vader terug is van zijn pelgrimstocht, dan mag ik weer naar huis.'

'Dat zeggen we allemaal.' Een van de oudere meisjes die bijna novice is, Clara heet ze, lacht smalend. 'En we blijven allemaal. Je vader vergeet je te komen halen. Alle vaders vergeten dat.'

Lowyse voelt zich ongemakkelijk worden. Ze weet immers maar al te goed dat vader haar helemaal niets beloofd heeft. De zusjes Elza en Anna 's Vooghs nemen Lowyse onder hun vleugels en tronen haar mee naar het tresoor waarop hun kostbaarheden uitgestald staan.

'Kijk wat ik heb, een Mariabeeldje met luikjes in haar buik.'
Elza doet de deurtjes van Maria's dikke blauwe buik open en
toont trots als een pauw de piepkleine houten beeldjes van
de Vader, de Zoon en de Heilige Geest. 'Je kan ze er zelfs uit
nemen.' Ze peutert de beeldjes uit hun nisje en laat ze heen
en weer zweven boven de kast.

Anna heeft een kostbaar relikwie uit het Heilige Land dat ze in
een koperen doosje bewaart met de afbeelding van Christus
erop. 'Meegebracht uit de kruistochten!' Binnenin zit een
stukje bruine stof. 'Van het kleed van Johannes de Doper! Niet
aankomen hoor, anders verliest het zijn heiligheid.'

Het is een gezellige drukte in de slaapzaal, het avondgebed
is voorbij en iedereen haast zich om naar bed te gaan. De
nachten zijn immers kort, vooral voor de oudere meisjes van
wie verwacht wordt dat ze reeds de nachtdiensten bijwonen.
De jongere leerlingen mogen blijven liggen, heeft nicht
Amplunie aan Lowyse uitgelegd, want die hebben hun slaap
nog nodig.

Opeens gilt Walburgis het uit: 'Een gezicht, ik zag een
griezelig gezicht daarbuiten!'

Ze wijst naar het enige raam waarvan de luiken nog open-
staan. 'Er staat een man op de loer! Doe gauw dat luik dicht!'
'Och het is Arend maar, de klusjesman, die controleert hier
elke avond voor we gaan slapen.' Barbele is de eerste om haar
gerust te stellen.

'En dan kijkt hij naar binnen en jij weet waarom, hè Barbele?
Vooruit, laat het eens zien aan de nieuwelingetjes!' Dat is
Clara weer. Ze heeft een stem die krast in Lowyses oren.

Barbele loopt in de richting van het raam, trekt haar onderjurk
langzaam boven haar hoofd en staat daar helemaal naakt. Ze
doet Lowyse aan Eva uit het aards paradijs denken die ze wel

eens op een schilderij zag, maar dan een Eva zonder vijgenblad.

'Wat doe je nu, straks ziet hij je nog!'

De andere meisjes lachen. 'Dat is nu juist de bedoeling.' 'Symoen Arend moet van de zusters een oogje in 't zeil houden, zien of we 't niet te bont maken. Zo houden we hem koest en gaat hij ons niet verraden als we te veel lawaai maken of 's nachts op pad gaan. Hij houdt zijn mond tegen de zusters, waar of niet? En hij weet waarom, anders is de poppenkast voorbij.'

Barbele straalt zelfverzekerdheid uit, zoals ze heen en weer voor het open raam paradeert tot ze haar nachtmuts gevonden heeft, die ze parmantig op haar hoofd zet en onder haar deken verdwijnt. Lowyse blaast eerst snel haar kaars uit, wringt zich uit haar bovenjurken, kruipt in bed met onderjurk en al en trekt razendsnel haar deken over haar hoofd.

Het is 25 oktober 1469. Lowyse Adornes is vandaag onopgemerkt twaalf geworden.

'Luigi is weg', mompelde Seppe. 'Voorgoed weg.'
Nu was hij er zeker van: hij had de onrustvlinder vermoord en daardoor was Luigi verdwenen. Vanmorgen was zijn moeder de keuken binnengekomen met een stapeltje oude kleren. 'Moet je zien wat ik in de ton achter de varkensstal gevonden heb!'
Hij had Luigi's plunje meteen herkend: de hozen met het gat in de linkerknie, het hemd met het kapotte rijgkoordje. Alleen de hoed ontbrak.
Moeder had de vodden omhoog gehouden tegen het licht. 'Als ik al de goede stukjes aan mekaar naai, heb ik net genoeg voor een nieuwe onderrok voor mezelf. Wat een verspilling, zoiets weggooien!'

'Doe ze nog eens vol!'
De waard schonk hem een grote pul straf hopbier uit, ondanks de protesten van Mie Mossel.
'Hij betaalt', schokschouderde de waard, terwijl hij Seppes munten nog eens om en om draaide om te zien of ze wel echt waren. 'Als ze betalen, stel ik geen vragen.'
'Het is al zijn tweede', mopperde Mie. 'Ga jij hem naar huis dragen?'
'Och mens, ga ergens anders stinken!'
Seppe stak zijn hand uit naar Mie. 'Denk je dat Luigi ooit terugkomt, Mie?'
Ze gaf een onhandig klopje op zijn vingers.
'Je moet niet van dat straffe spul drinken, ventje. Dat helpt niets. Wat als je vader je zo ziet? Hij slaat je bont en blauw.'
Seppe haalde zijn schouders op, trok zijn hand weg, legde beide handen om de pul en dronk zo gulzig dat hij zich verslikte. De omstanders lachten en sloegen hem hard op de

rug en schouders. Hij proestte het uit en het bier vloog over de toog in het gezicht van de waard.

'Zo ben je tenminste ook gewassen, waard!'

Mie had er genoeg van. Ze pakte de pul uit zijn handen en goot de inhoud uit over de zandvloer. 'Uit mijn kroeg met jou!' Tot ieders groot jolijt sleurde ze de onwillige jongen mee naar buiten. De tooghangers brulden van het lachen.

'Vergrijp je je nu ook al aan jonge ventjes, Mie?'

Toen ze de deur achter zich had dichtgeslagen, veranderde Mie van toon. 'We gaan naar Lange Vinger, die zal je helpen'. fluisterde ze. 'Kom, een wandelingetje zal je goed doen.'

'Laat me met rust!'

'Jij laat mij niet met rust, dus waarom ik jou?'

De anderhalve pul bier begon zijn werk te doen in de koude buitenlucht. Tegen de tijd dat ze bij de Heilige Eik aankwamen, wist Seppe niet meer waar zijn hoofd stond. Het was zo donker dat je geen hand voor de ogen kon zien. In de verte dansten de toortsen van de poortwachten aan de Koolkerkse Poort als dwaallichtjes. Hij liet zich vallen tegen de dikke, ruwe stam en doezelde weg.

Opeens kreeg hij een ijskoude kletsnatte klap in zijn gezicht. Voor hij kon schreeuwen had Mie haar handen vol nattigheid tegen zijn mond gedrukt. Hij proestte het uit.

'Water, water van de heilige bron. Drink!'

Hij nam noodgedwongen een slok. Het water sneed in zijn tong, beet in zijn keel.

'Hier ga je minder snel van dood dan van hopbier!'

Mie kwam overeind en begon op en neer te stampen in een vreemde kadans. Boem pata boem pata boem pata...

'Lange Vinger', siste ze, 'Lange Vinger, kom en verhoor ons, kom en verhoor ons!'

De aarde trilde mee met haar gestamp, zo heftig dat Seppe het tot diep in zijn buik voelde.

Mie tikte tegen zijn wang. 'Wakker blijven! Nu is het moment!'

Ze ging op haar knieën zitten, haar gezicht tegen de grond. 'Kniel naast me neer en zeg wat je van Lange Vinger verlangt!' Seppe hoefde niet na te denken. 'Dat Luigi terugkomt', stotterde hij. 'Dat Luigi terugkomt en dat hij bij mij mag blijven zolang ik leef.' Hij voegde er snel aan toe: 'Als God het belieft', en sloeg een kreupel kruisteken.

Mie stond op. 'Wegwezen', maande ze hem aan, 'We gaan ervandoor als een haasje dat de vos geroken heeft!' Voor hij het wist, was ze verdwenen. Alleen haar misselijkmakende geur bleef nog tussen de bomen hangen.

De wereld stond weer stil zoals het de wereld betaamde. Hij legde zijn voorhoofd tegen de koele grond. Het bier was uitgewerkt en had plaats gemaakt voor een vlijmende pijn in zijn hersenpan, maar hij voelde zich vreemd rustig, rustig en leeg, alsof de koude aarde al zijn wanhoop had opgeslorpt.

November klost een kantwerk van ragfijne vriesdagen vol windstilte, zodat een dunne nevel rond de verre zon blijft hangen in een verstilde dans van licht en tegenlicht. Vanaf nu is Lowyses tijd in flarden gereten door de eeuwig klepperende klokken. De klokken luiden is een voltijdse bezigheid voor de zuster klokkenluidster, ze heeft enorm stevige bovenarmen en een brede lach, je ziet dat ze van haar werk houdt.

Binnen de muren van het kloostergebouw heerst de wet van het silentium. De nadrukkelijk zwijgende zusters doorbreken alleen de stilte om te bidden en te zingen. Maar liefst acht keer per etmaal weerklinken hun hoge stemmen in het koor van de kerk, scherp als naalden.

'Zing mee,' heeft nicht Amplunie Lowyse de eerste dag bezworen, 'zing zo hard je kan, dat is belangrijk, zingen verzacht het verdriet.' Ze heeft troostend haar arm over haar schouder gelegd. 'Ik weet waarover ik spreek: ik had ook jouw leeftijd toen ik het klooster binnentrad. Al zingend kan je je tranen laten stromen in naam van de Heer en niemand die er zich vragen bij stelt.'

Nicht Amplunie is zacht en warm, een mollige vrouw met goedige ogen en een brede glimlach, maar ze lijkt ver weg, met haar hoofd bij God en niet bij de wereld. Lowyse kan zich niet echt met haar verbonden voelen zoals ze zich verbonden heeft gevoeld met haar broers en zusjes, met Margriete, vader, en zelfs met moeder of Katelijne. Ze is anders, ijler, minder mens, misschien meer engel?

Lowyses verdriet vindt geen tranen, ook tijdens het zingen niet.

Als afwisseling van de kerkklokken is er de schoolbel. Die klinkt helemaal anders, een vrolijk tingeling in de zwierende hand van de schoolmeesteres, Vrouwe Terdelans. Als dat belletje rinkelt is het reppen geblazen, want ze duldt geen laatkomers.

In het kleine klasje zitten ze met z'n twintigen op een kluitje. De jongste, Walburgis, is nog geen tien. Clara is net zestien geworden. Terwijl de kleinsten in de voormiddag leren rekenen, kunnen de ouderen hun schrift oefenen aan de schuine lessenaars bij het raam en in de namiddag worden de rollen omgekeerd tot het herfstlicht te laag door de ramen valt. Lowyse is de enige van de nieuwkomers die het alfabet al helemaal kent en al gauw mag ze bij de oudsten aansluiten, terwijl de anderen zitten te zwoegen op hun abecedarium.

'Voel je je hier al wat thuis?'
In de vrije minuten tussen het ontbijt en de schoolbel drentelt Lowyse vaak rond op het domein, in het begin alleen, maar nu steeds vaker in het gezelschap van Barbele, Barbele die zich elke avond blootgeeft voor de donkere raamopening van de slaapzaal, terwijl daarbuiten Symoen Arend, grote gluiperige ogen opzet. Nieuwsgierig stelt zij de vragen die Lowyse niet aan zichzelf durft te stellen.
Of Lowyse zich al thuis voelt? Ze weet het niet.
Hier in Sint-Trudo lijkt het leven veel eenvoudiger dan buiten de kloostermuren. Ze hoeft alleen voor zichzelf te zorgen en ondertussen het strikte gedachtenloze ritme van het klooster te volgen, doen wat de anderen doen op de momenten dat het nodig is. Voor de rest is ze vrij. Geen broertjes en zusjes om voor te zorgen, geen Margriete die achter haar vodden zit, geen vader om naar te verlangen, alleen die bonte, luid-ruchtige bende leerlingen die er alles aan doet om de regeltjes te plooien en het zich zo prettig mogelijk te maken. Er zijn giechelpartijen voor het slapengaan, kussengevechten,

kibbelingetjes en plagerijtjes, ruzietjes en verdrietjes.
Sommige meisjes probeert ze zoveel mogelijk uit de weg te
gaan. Die kraai van een Clara met haar venijnige opmerkingen
of de devote Walburgis die haar aan Katelijne doet denken in
haar ijver om zo lang en zo heftig mogelijk op haar blote
knieën op de ijskoude stenen van de kerk te bidden tot de
tranen haar in de ogen schieten.

De voortdurende nachtelijke vrieskou heeft al een laagje ijs op
de slotgracht gelegd.
'Nog even en we kunnen schaatsen.'
Lowyse zet voorzichtig haar ene voet op het ijs, en dan haar
andere. Het geeft geen krimp.
Barbele heeft stiekem een marterbonten sjaal onder haar
kleed gefoefeld. De kop van het beestje steekt een heel klein
beetje uit en Lowyse trekt lachend aan zijn snuit zodat zijn
grijnzende bloeddorstige kopje helemaal te voorschijn komt.
'Vind jij het erg dat je geen bontkraag meer mag dragen,
Lowyse?'
'Waarom zou ik dat erg vinden?'
'Sommige meisjes vinden dat erg.'
'En dan?'
'Dan gaan ze klagen bij de abdis, als ze rijk en machtig genoeg
zijn.'
'En dan?'
'En dan niets. Heb je de ouderlingen gezien? Die kunnen er
niet om lachen nu het hier veel strenger geworden is. Geen
eigendommen meer, het silentium, het habijt, verplicht
bidden, verplicht werken.'
'En dan?'
'Dan gaan ze klagen bij de abdis.'

'En dan?'

'En dan niets.'

Ondanks het vroege uur staat de grote toegangspoort al open en Symoen Arend heeft net een kar volgeladen met de kaarsen die de zusters gemaakt hebben om te verkopen in de stad. De donkere dagen van de advent breken aan en dan kunnen er geen kaarsen genoeg zijn. Hij dokkert de oprijlaan af en Lowyse verstopt zich achter Barbeles rug als hij voorbijrijdt.

'Hij is gevaarlijk', mompelt ze als hij door de toegangspoort verdwenen is. Barbele staart verwonderd naar haar.

'Waarom zeg je dat?'

'Hij heeft een mes.'

'Natuurlijk heeft hij een mes, alle mannen hebben een mes. Heeft jouw vader een mes? En een zwaard? En een dolk? En een knots? En een speer? En een zweep? En een...' Barbele heeft geen inspiratie meer.

Lowyse haalt haar schouders op.

Barbele kijkt haar lang en aandachtig aan. 'Jij bent anders dan de anderen', zegt ze dan. 'Dat had ik meteen gezien vanaf de eerste dag. Je hebt iets over je... iets heftigs... Wie is jouw liefste heilige? Sint-Barbara is de mijne natuurlijk, ik ben naar haar genoemd. Wie verkies jij?'

'Elegast', zegt Lowyse deze keer tot haar eigen verbazing. 'Elegast, de roofridder.'

'Die ken ik niet, wat heeft hij voor machtigs gedaan?'

'Hij is trouw gebleven aan zichzelf.'

De zwanen op het grasveld flapperen met hun vleugels als ze de meisjes herkennen. Lowyse voert hen de kruimels van de tafel die ze in de brede omslag van haar mouwen heeft weten te verzamelen.

Ontbijten doen alleen de schoolmeisjes. De zusters zelf eten voor de eerste keer pas na het middaggebed. 'Versterven' noemt kleine Walburgis dat en ze zet grote ogen op, alsof ze er al naar verlangt, maar Lowyse merkt dat ze ondertussen elke ochtend toch flink wat sneden roggebrood naar binnen stouwt.

Terwijl Lowyse haar mouwen uitschudt voor de gretige zwanen, prutst Barbele met de vuistdikke bonenstaken die tegen het werkschuurtje van Symoen Arend opgetast staan.
'Als we hier eens stelten van maken? Daar kunnen we ons mee amuseren! We nagelen er in 't geniep plankjes aan vast...'
'Als Arend dat ziet!'
'Hij hoeft niets te zien, die staken worden pas volgend jaar in mei opnieuw gebruikt, tegen die tijd halen we de plankjes er gewoon weer af.'
Ze duiken het gammele schuurtje in, het ruikt er vochtig en muf. Aan een haak hangen een wollen muts, een versleten hemd en een paar bemodderde hozen.
Barbele trekt een grote kist open.
'Wat doe je nu? Alle gereedschap staat daar op de plank.'
'Even snuffelen, hij is er toch niet.'
Ze rommelt in de diepe, duistere kist. 'Vellen papier! Wist jij dat Arend kon lezen of schrijven? Hij ziet er te stom uit om hooi te eten.'
Ze haalt er een vel uit. Het is dicht beschreven in dunne, kronkelige, moeilijk te ontcijferen lettertekens.
Lowyse komt mee kijken. 'Pas op dat je er geen scheuren in maakt! Papier is geen perkament hoor, je trekt het meteen stuk als je niet oplet.'
Barbele geeft het op. 'Ik kan er niets uit opmaken. Hier, jij bent een echte geleerde, probeer jij eens.'

'Het lijkt wel Latijn. Ik kan nog geen Latijn lezen. Jij wel?'

'Vraag je dat aan mij, de slechtste leerling van de school? Wacht maar tot jij in het scriptorium gaat werken, daar leer je meer Latijn dan je lief is.'

'In het scriptorium?'

'Dat is alleen voor de slimste novices, voor jou dus. Wacht maar af!'

Terwijl Lowyse zich scheel staart op de Latijnse letters, sprokkelt Barbele plankjes en spijkers bijeen en begint verwoed te timmeren.

'Waar heb je dat geleerd?' Lowyse kijkt vol bewondering naar de plankjes die stevig recht tegen de stokken staan. 'Het gaat vanzelf', bekent Barbele verlegen. 'Op ons landgoed hielp ik soms de timmerman. Hij zei dat ik talent had.'

Ze houdt de stelten vast, terwijl Lowyse struikelend over haar rokken op de plankjes probeert te klimmen.

'Soms wou ik dat ik een jongen was!'

'Ik had best timmerman willen worden.'

'Kan niet.'

'Timmervrouw dan.'

Lowyse giert het uit bij dat krankzinnige woord en valt languit op de aardevloer van het hutje.

'Mijn beurt!'

Barbele klemt zoveel mogelijk rokken onder haar oksels en klautert op de stelten. Trots doet ze enkele wankele pasjes.

'Ik had over twee jaar moeten trouwen', vertelt Lowyse. 'Met Jehan. Hij heeft een rood hoofd.'

'Stel je voor dat je had kunnen kiezen, wat had je dan gedaan?'

Wat een vreemde vragen stelt die Barbele toch! Daar moet Lowyse hard over nadenken. 'Ik doe wat vader vraagt', antwoordt ze ten slotte. Is er een ander antwoord mogelijk?

'Maar ik vind het niet erg dat ik van die Jehan af ben', voegt ze er snel aan toe.

'Ik heb zelf gekozen', zegt Barbele trots. 'Ik trouw niet. Drie huwelijkskandidaten had ik al afgewezen en bij nummer vier heeft mijn vader me voor de keuze gesteld: deze keer ja zeggen of het klooster in. Weet je wat ik graag zou willen? Gewoon alleen blijven, zonder te hoeven trouwen of non te worden.'

'Ik heb gehoord van iemand die probeerde naar de zon te vliegen met zelfgemaakte vleugels.'

'Wat is er met hem gebeurd?'

Lowyse maakt een veelbetekenend gebaar met haar vinger langs haar keel.

Daar gaat de schoolbel. Barbele springt van de stelten af en schikt haar rokken.

'Kom, Lowyse!'

Ze graait nog een laatste keer in de kist, gefascineerd door de onleesbare krabbels op het papier.

'Rep je!'

Voor ze de documenten laat vallen en de kist dichtklapt, is er één woord dat ze herkent. Een woord dat ze al haar hele leven lang op tientallen documenten gezien heeft. De naam Adornes.

'Nee, we zijn gesloten! Kom morgen maar terug, al het bier is op.'

De waard van De Groene Papegaai duwde het bibberende kereltje met dat wijde hemd en die veel te grote muts op zijn kop in de richting van de deur. Veel moeite kostte het niet, het knaapje was zo dun dat hij hem met één hand had kunnen optillen.

'Wat gebeurt er, waard?'

Mie was bezig een dikke laag vers zand op de vloer te strooien en die open te vegen. Er was veel gerocheld en gespuugd vanavond.

'Bemoei je er niet mee!'

Natuurlijk kwam ze kijken, nieuwsgierig, het ventje was al half de deur uit, een echt spitsmuisje, voor wat er van zijn gezicht te zien was.

'Ben jij dat vriendje van Seppe niet?' Mie duwde de waard opzij met een krachtige hand. Ze redde Luigi uit het deurgat, trok hem naar binnen bij de haard, bekeek hem aandachtig.

'Nog een wonder dat je niet bent vastgevroren, zoals jij gekleed loopt. En waar is de hoed die je vroeger droeg naartoe? Zo kan iedereen je gezicht zien.'

Hij probeerde meteen de muts zo diep mogelijk over zijn gezicht te trekken en toen ook zijn ogen er helemaal in verdwenen waren, moest ze hartelijk lachen.

'Wat kan ik voor je doen, kind?'

Hij tastte onder zijn hemd en haalde er een langwerpig, zacht voorwerp uit te voorschijn. 'Ik heb geld nodig, een vest en een hoed. Hoeveel geef je me hiervoor?'

Mie's ogen blonken toen ze de bontkraag van hem overnam.

'Mmm, zo zacht, zo...'

Ze legde het rond haar rimpelige nek. 'Wat denk je ervan, waard? Ben ik hiermee geen echte edeldame?'

'Wat ik denk? Dat ze je meteen opsluiten als je daarmee op straat komt. Hoe ben jij daaraan gekomen, ventje? Ook lange vingers, hè?'

Mie Mossel nam de waard apart en begon op fluistertoon op hem in te praten. 'We kunnen het doorverkopen! Voor twintig groten, of misschien zelfs het dubbele.'

'Goed dan, maar waag het niet er ooit zelf mee rond te lopen!' Ze liep heupwiegend op Luigi toe, de bontkraag nog steeds rond haar nek.

'Twee stuivers geef ik je ervoor.'

'Twee?' De waard kwam dreigend op haar toe. 'Wil je ons ruïneren, mens?'

Mie was niet onder de indruk. Ze drukte de jongen de beloofde muntstukken in de hand.

'Ga liever eens die oude strohoed van je halen, die met die gaten, waar de muizen in genest hebben!'

Een strohoed met een heel brede rand. Mie schudde de muizenkeutels eruit en duwde hem boven op Luigi's muts.

'Zo dat is veiliger, waar of niet?'

Luigi's gezichtje was weer onzichtbaar geworden.

'Waar ben je mee bezig, Mie, waar ben je mee bezig?'

Mie duwde de waard de bezem in zijn handen en negeerde zijn vraag. 'Nu even kijken of ik nog een winterjak heb. Die oude van Lange Vinger, die zal je wel passen, hij was ook zo mager als een graat.'

Ze bracht ook nog een bussel stro, die ze hielp in zijn kloffers te proppen tegen de kou.'Nu kan je er beter tegen.' Ze bekeek hem kritisch van kop tot teen. 'Jij kan echt niet voor jezelf zorgen, hè? Je zou bijna zeggen dat je niet gewend bent om met blote voeten in de winter...'

Luigi sprong op, zo bruusk dat zijn krukje omviel.

'Ik moet nu gaan, ik moet Seppe nog gaan zoeken...'

'Die verdient nu wat bij met wijnkruiken vullen en opdienen in De Croone. Geen leven voor zo'n jong ventje, dat zeg ik je.'

'Seppe in De Croone?'

'Jawel, bij de deftige en hoge heren. Adornes heeft hem dat baantje bezorgd. Die zit daar bijna elke avond, en de baljuw en Portinari en de paus in hoogsteigen persoon als hij niet in Rome woonde.'

Bij de deur knipoogde ze naar hem en bij wijze van afscheid stak ze nadrukkelijk de wijsvinger van haar rechterhand omhoog.

'Lange Vinger zal je beschermen', zei ze vriendelijk. 'Haast je, De Croone zal nu ook wel gaan sluiten en als hij jou ziet heeft Seppe iets anders om aan te denken dan aan de restjes uit de kannen leegdrinken.'

Toen zijn vriend eindelijk uit De Croone kwam gestrompeld, voelde Luigi zijn voeten niet meer van de kou, ondanks al het stro van Mie. Achter Seppe ging de deur van de herberg dicht en werden de kandelaars gedoofd.

Hij hoefde maar heel even zijn stem te laten horen of Seppe vloog met een schreeuw naar hem toe, viel hem om de hals, snikkend en lachend tegelijk.

'Luigi! Je bent terug!' Ze hielden elkaar even vast. 'Mirakel! Lange Vinger heeft me verhoord!'

Seppe had het warm, hij gloeide als een vuurtje en voor het eerst die nacht voelde Luigi zich langzaam ontdooien.

Seppe taterde opgewonden. 'Je oude kleren... toen moeder ze vond was ik er zeker van dat je... ze heeft er een onderrok voor zichzelf van gemaakt!' Hij proestte het uit bij de gedachte. 'En nu loop je hier met nieuwe spullen aan. Wat is dat? De hoed en de jak van Lange Vinger! Ik wist wel dat hij jou zou beschermen.'

'Sjj, niet zo hard. Ik heb ze gewoon van Mie gekregen.'

Seppe pakte hem bij de hand en trok hem mee in de richting van het Kraanplein.

'Ik ben zo blij, zo blij dat mijn neus van voren staat en niet opzij', neuriede hij, terwijl hij zijn vriend meesleepte naar de grote hijskraan. 'Willen we een rondje in het rad lopen, dat heb ik altijd al eens willen doen. Om het eerst?'

'Ben je gek, dat maakt een hels lawaai. Niet doen, de nachtwacht...'

Luigi slaagde erin Seppe rechtsomkeert te laten maken.

'Je zal niet veel te zien krijgen op de Verversdijk', lalde Seppe toen hij doorkreeg welke richting ze uitgingen. 'Heer Adornes is weer eens op reis en dan valt er niet veel te beleven. En Boyd ben ik vandaag ook nog niet tegengekomen. Als Heer Adornes er niet is, laat hij zijn tronie ook niet zien, je zou bijna denken dat hij meer voor hem komt dan voor de prinses.'

Hij schudde met zijn mouw. 'Hoor je dat? Muntstukken!' Hij vouwde zijn mouw open. 'Ik verdien ze goed. Als Adornes in De Croone is, zit Boyd er ook vaak bij. Ja, ze lijken goede vrienden, die twee. Gul man, Adornes, drinkt nooit zijn kruik leeg en geeft me altijd een paar mijten als ik hem bedien. Hier, pak aan!'

Hij duwde een handvol koperen muntjes in Luigi's hand.

'Niets daarvan, Guiseppe Ginelli, ik hoef je stinkende mijten niet.'

Seppe probeerde de muntstukken weer in de vouwen van zijn mouw te friemelen, maar ze kletterden op de grond zodat ze met z'n tweeën aan het rapen moesten slaan.

'Je kan beter een beurs en een riem aanschaffen', plaagde Luigi.

'Een beurs, ben je goed gek? Weet je wat dat kost, een beurs?'
Seppe kwam moeizaam overeind met de laatste muntjes die
hij op de grond had gevonden.

'Morgen bij 't eerste ochtendlicht kom ik de rest zoeken',
mopperde hij. Hij klonk opeens al een stuk nuchterder.

'Vertel me alles, Seppe.'

'Wat wil je horen? Dat vader het weer eens aan de stok
gekregen heeft met die azijnpissers van blauwververs uit
Den Engel? Ze beweerden dat vaders rood niet rood genoeg
was, waardoor het bruin niet bruin genoeg was en het zwart
niet zwart genoeg, terwijl vader vanaf het eerste moment
al gezien had dat hun blauw niet blauw genoeg was en
daarmee uit.'

Ze stonden voor de stevig gesloten luiken van Hof Adornes.

'En hier?'

'Niets! Wat zou je willen dat er gebeurt? Ik zei het toch al, als
Heer Adornes er niet is...'

'Hoe gaat het met de mooie prinses?'

'Ik heb van moeder gehoord dat Vrouwe Adornes haar als een
nieuwe dochter behandelt nu de drie oudste meisjes in het
klooster zitten.'

Seppe keek opzij om Luigi's reactie te lezen. Zijn gezicht was
niets dan een zwarte vlek onder de brede strohoed.

'Adornes heeft eindelijk die beheksde groene kamer laten
dichttimmeren en Vrouwe Adornes trekt nu bij de prinses in
bed als hij er niet is. Wat denk je daarvan?'

De ander haalde zijn schouders op en rende plots het
Kandelaarsstraatje in.

'Waar ga je naartoe? Wacht op mij!'

Hij holde Luigi achterna, die nu linksaf sloeg in het smalle steegje dat achter de huizen doorliep tot aan het Sint-Maartensplein.

Pas bij het poortje naar het binnenhof van de Adornes haalde Seppe zijn vriend in. 'Niet doen! Als Heer Adornes er niet is, laten ze nu altijd de jachthonden loslopen op het binnenplein. Ze blaffen niet, maar bijten wel!' Het was al te laat. Luigi had het poortje opengeduwd. Seppe zag de grote, zware gedaantes van de jachthonden bliksemsnel op hem afstormen en zette het op een lopen.

Hij rende het steegje uit, dook door het poortje naar Huyze Vyncke, klapte het achter zich dicht en bleef hijgend staan. Alles was stil. Hij wachtte even, aarzelde, deed dan ten slotte toch het poortje op een kier. Hij schreeuwde het bijna uit toen hij een schim zag.

'Wat ben jij toch een schijtluisje, Seppe!'

'Ik dacht dat we eindelijk een écht klooster zouden zijn en niet langer een opvangtehuis voor verwende rijkeluisdochtertjes!' Voor het eerst ziet ze de priores in volle furie. Catharina van Houboke is razend. Ze keert zich naar het vliegje dat Lowyse heet en die krijgt de volle lading. 'Weet je wel wat roeping betekent? Geroepen worden door God! Heel wat anders dan een luxeleventje komen leiden achter veilige dikke kloostermuren, om te ontsnappen aan de harde wereld buiten. Die tijden zijn voorbij op Sint-Trudo. We zijn hier om de liefde Gods, niet om een luilekkerleventje te hebben!' De andere non in het kantoortje komt achter Lowyse staan en legt haar hand op haar schouder. Jacomine Terdelants, Lowyses schooljuf. Rustig, vriendelijk, met een eindeloos geduld zelfs voor de wildste wildebras in de klas, maar deze keer is er een scherp randje aan haar stem als ze beleefd maar kordaat antwoordt:

'Dat is precies wat Lowyse wenst, eerwaarde zuster: werken om de liefde Gods! Dat is haar vraag en ik ondersteun haar daarin. Ze kan het klooster veel meer van nut zijn in het scriptorium dan dat ze haar rokken zit te verslijten op de schoolbanken. Lezen en schrijven kan ze als de beste.'

'Dus je wilt wérken, Lowyse?'

Lowyse trotseert even de koude, blauwe blik in de ogen van de priores voor ze de hare neerslaat en nederig knikt.

'Is ze niet veel te jong voor het scriptorium? Al dat dure materiaal! We kunnen ons geen knoeier permitteren. Hoe oud is ze? Twaalf?'

Vrouwe Terdelans zucht. 'Ik stel voor dat ze op proef komt,' suggereert ze tactvol, 'enkele dagen in de week. Als ze het goed doet...'

'Tja, we hebben nu eenmaal goede scriptoren te kort, dat is waar. Maar zo'n kind nog. Wie zegt dat het geen grilletje van haar is?'

Vrouw Terdelans gebruikt haar laatste wapen. 'Haar vader is een zeer devoot en vrijgevig man.'

Nu is het aan de priores om te zuchten. Haar stem is messcherp als ze de schooljuf van antwoord dient. 'Dat bedoelde ik daarnet, mevrouwe! Hoe kunnen we ooit het ware geloof belijden zolang we afhankelijk zijn van de goede wil van de vaders van onze leerlingen?'

Ze staat op. 'We bespreken dit verder in het kapittel. U kunt gaan, zuster!'

Vrouw Terdelans geeft Lowyse een bemoedigend kneepje in de schouder als ze naar buiten gaan. ''t Komt in orde', fluistert ze. 'En ik zorg ervoor dat je een mooi Latijns boek over te schrijven krijgt.'

Elza en Anna zitten met z'n tweeën onder één deken. Knars, smak, kauw, slik! Het lijkt alsof er zich een kudde schapen onder verborgen houdt. Barbele legt haar vinger tegen haar lippen en gebaart naar Lowyse. Ze sluipen naar hen toe, pakken de punten van het deken beet en gooien het van het bed af. De appeldieven springen overeind.

'Niet doen!' gilt Elza verschrikt.

'Je gaat ons toch niet verraden?' mompelt Anna met haar mond vol appel.

Barbele doet alsof ze er ernstig over nadenkt. 'Mmm, wat denk je ervan, Wieske?'

'Voor twee appels wil ik wel zwijgen.'

'Goed idee, ik ook.'

Anna stopt hen snel elk een rimpelige rood-gele appel toe.

'Volgende keer gaan jullie zelf de voorraadzolder op, jullie weten niet hoe angstaanjagend het daar is. Donker, vol spinnen en de ladder kraakt alsof hij elk moment kan breken.' 'Twee appels per persoon', zei Barbele. 'Zo was het toch, hè Wieske?'

'Twee.'

'Afzetters!' roept Elza.

Barbele kijkt gemaakt verontwaardigd, loopt lacherig naar het raam en gebaart naar de dikke eiken achter de slotgracht. 'Daar loopt de priores! Eerwaarde zuster! Komt u even? Ik moet u iets opbiechten!'

'Al goed, al goed, daar gaat de rest van onze voorraad. Mooie vriendinnen zijn jullie.'

'Lowyse heeft groot nieuws', zegt Barbele als ze de tweede appel in ontvangst neemt. 'Ze gaat in het scriptorium werken.'

'Wat?'

'Ben je gek? Waarom zou je dat doen?'

'Ik wil Latijn leren. Ik wil vooruit.'

'Vooruit? Waarnaartoe?'

Barbele schiet in de lach.

'Naar de hemel natuurlijk, waar anders.'

Anna schrikt. 'Moet je dan zo goed Latijn kennen om in de hemel te komen?'

'De hele Bijbel uit je hoofd kennen, dom gansje. Anders laat Sint-Pieter je niet binnen.'

Elza legt haar arm om haar zusjes schouders. 'Ze plagen je maar wat.'

'Je bent nog niet eens ingetreden', zegt ze tegen Lowyse. 'Ik dacht dat alleen nonnen in het scriptorium konden werken. Walburgis zal stikjaloers zijn.'

'Eenmaal als je daarbinnen zit, laten de zusters je niet meer gaan, ingetreden of niet', plaagt Barbele haar. 'En als je vader hier dan volgend jaar na zijn reis weer staat, kan je niet meer met hem mee naar huis.'

'Je moet alles afgeven zodra je intreedt', vult Anna aan met een spijtige blik op haar Mariabeeldje op de tresoor. 'Al je spulletjes, je mag niets voor jezelf houden.'

'Wie krijgt ze dan?' vraagt Lowyse.

'Het klooster, daar is alles van iedereen', verklaart Elza.

'Ik heb niet graag dat iemand anders aan mijn beeldje zit', klaagt Anna. 'Als ze 't stuk maken...'

Barbele grinnikt tegen Lowyse. 'En wij, wat gaan wij met onze bontkraagjes doen? Ze verkopen voor een appel of een ei? Waarom krijg je opeens zo'n rood hoofd, Lowyse?'

Op een grijze, mistige namiddag treedt ze voor het eerst het heiligdom binnen, het slotklooster, door de brede, zware poort waarachter de stilte en devotie heerst. Verder dan de ontvangstkamer is ze in al die maanden nog nooit gekomen, want voor leerlingen is het kloostergebouw zelf verboden terrein. Nu zwaaien de deuren voor haar open. Het kapittel heeft welwillend toestemming gegeven om jonkvrouw Ludovica Adornes in het scriptorium te laten werken, ondanks haar jeugdige leeftijd. De abdis, Pieternelle van Aertrycke, staat haar zelfs persoonlijk op te wachten, de kille Katharina van Houboke nors aan haar zijde. Achter de abdis staat een jonge non die Lowyse nog niet eerder gezien heeft. De abdis doet een stapje opzij om haar voor te stellen.

'Dit is Josina', zegt ze, 'onze beste schrijfster. Zij gaat je opleiden.' En met een glimlachje voegt ze eraan toe: 'Josina, het silentium is voor jou zolang opgeheven. Dat zal je wel niet erg vinden?'

De jonge vrouw bloost en maakt een kniebuiging.

'Dank u, zeer eerwaarde moeder.'

'Ik hoop dat je geen misbruik maakt van je privileges!' Katharina van Houboke kan het niet laten om snel een bitse opmerking te maken. 'De bedoeling is dat je instructies geeft en je niet verliest in loos gebabbel.'

'Zeker, eerwaarde zuster.'

'En je brengt verslag uit van Lowyses vorderingen bij mij, begrepen?'

'Zeker, eerwaarde zuster.'

Vanonder haar kap knipoogt Josina onmerkbaar voor de anderen.

'Doe het goed, mijn kind', zegt de abdis vriendelijk, 'schrijven is een mooie, maar zware verantwoordelijkheid. Ik ben blij dat je ervoor gekozen hebt.'

Koning Winter sloeg onverwacht en ongenadig toe zoals het een meedogenloze koning past. Vader Ginelli timmerde de luiken stevig vast tegen de bijtende noordenwind en moeder hing er oude doeken voor in een poging de kou nog meer buiten te houden. Ze had haar vingers stuk genaaid op schapenwollen jakken voor haar zoons. De wol was nog goed vettig en als je ze tegen je blote vel droeg, kon je er de kou goed mee buiten houden. Het was volle bak in Huyze Vyncke. Sinds vader in de stal zijn beste zeug doodgevroren had gevonden, woonden de varkens in de keuken, waar ze een ware ravage aanrichtten op de zandvloer.

De extra munten die Seppe binnenbracht door zijn werk in De Croone waren meer dan ooit broodnodig om de lange winter te overleven. In de ververij was er met de vrieskou immers niets meer te beleven. Heer Adornes mocht zijn meester-verver dan wel van onderdak en brandhout voorzien, voor hun eten moesten ze zelf zien te vechten en dat was schaars en duur.

Op weg naar zijn werk slibberde Seppe in het donker over de spiegelgladde kasseien van de Ververdijk. Hij had oude lappen om zijn kloffers gebonden om niet uit te glijden. Het was vroeg, de klok van Sint-Walburga had nog geen zes geslagen. Nog snel een opwarmertje in De Groene Papegaai? Misschien was Luigi er? Je wist maar nooit met Luigi.

Veel volk vanavond, hij moest zich door het deurgat naar binnen wringen, onder het luide commentaar van de kroeg-lopers. 'Deur dicht! Snel een beetje! Je bent zeker in de kerk geboren?'

Veel volk vanavond, dat zich liever aan elkaar kwam warmen dan eenzaam dood te vriezen in hun eigen armzalige hut.

Boer Ganzemans had zelfs zijn muilezel meegebracht, die stond te stampvoeten tegen de muur. Hoe had hij dat beest binnengekregen?

Niet te doen, dat weer, daar was iedereen het over eens. Een veel te hete zomer, een veel te ijzige winter. Een mens zou er God en al zijn heiligen bij aanroepen, maar die schenen stokdoof te zijn. Schenk ze nog eens vol, als het einde van de wereld dan toch nabij is, dan kunnen we beter al lachend doodvriezen. Maar het was geen lachertje, iedere dag waren er berichten van nieuwe slachtoffers. Seppe had er zelf ook al gezien: de lijken van een jong paartje, twee geliefden vastgevroren in het ijs van de reien, hun armen om elkaar heen. De kolfdragers waren uren bezig geweest met ze uit het ijs te hakken, maar hadden ze niet uit elkaars armen kunnen wrikken zonder die te breken.

Als je niet bewoog dan vroor je vast, zo simpel was dat. En de rijken, die gingen schaatsen, die hadden nog geen blauwe gevoelloze tenen, die konden daarna onder een voor-verwarmde deken hun hemelbed in.

'Saluut, boer Ganzemans.'

'Saluut Seppe.'

'Gegroet Mie.'

'Gegroet Seppe, wat zal het zijn?'

'Schenk hem maar een beker gruutbier', plaagde Boer Ganzemans, 'gruutbier voor het kleine grut, daar moet je goed van naar achteren gaan.'

'Als het niet tussen je billen bevriest voor je het er hebt uitgeperst', zei Warre.

'Hoe zit het, wil je nu bier of niet?'

'Nee dank, je.'

Hij had er geen zin meer in.

Mie knipoogde. 'Of hou je tegenwoordig meer van water?'
Seppe liet het geplaag over zich heen gaan, speurde rond,
zocht met zijn ogen de donkerste hoekjes van de kroeg af.
Geen Luigi.

'Als hij komt, dan stuur ik hem meteen naar De Croone',
troostte Mie Mossel, die precies wist wie hij zocht.

'Hou je hand goed ontspannen', fluistert Josina om de anderen in het scriptorium niet te storen. 'Anders krijg je binnen de kortste keren krampen.' Ze wappert met de hare om te tonen hoe los haar pols is. 'En met je linkerhand hou je je mes vast, zo, stevig vast en je drukt het tegen het perkament. Dan maak je geen vlekken. En als je een fout maakt...' Ze schuurt vliegensvlug met haar mes over het perkament, '...moet je die er meteen weer afkrabben. Niet wachten, want dan zit de inkt er in gedroogd voor je 't weet.'

Zo vaak heeft Lowyse 't vader zien doen en had het kinderspel geleken, maar nu ze zelf aan de schrijfplank staat, heeft ze er moeite mee, met het spel van ganzenveer en mes, met het perkament dat steeds lijkt te schuiven, met het grote gebedenboek waaruit ze moet overschrijven dat net iets te ver ligt zodat ze kramp in haar nek krijgt.

'Probeer maar', moedigt Josina haar aan. 'Het is nog niet voor echt, alleen om te oefenen, je hoeft niet bang te zijn.'

De volwassen scriptoren gaan zitten, maar zij moet rechtop gaan staan om goed bij de schrijfplank te kunnen. Die staat, net zoals alle andere, vlak bij het open raam opgesteld om zoveel mogelijk van het weinige late herfstlicht op te vangen. Om voldoende licht te hebben moeten de luiken open blijven en zelfs het loeiende haardvuur kan de ijzige lucht die naar binnen stroomt niet tegenhouden.

'Een paar zinnen per keer maar, en dan mag je je even aan het vuur gaan verwarmen', troost Josina. 'Met bevroren vingers kan je niet schrijven.'

Lowyse duikt verbeten in de Latijnse tekst voor haar. Even bestaat de wereld niet meer. Niet hoort ze de stemmen van haar klasgenootjes die de tien geboden opdreunen in het leslokaal. Zelfs niet hoort ze het gedonder van Symoen Arend die een diefstal in zijn schuurtje ontdekt heeft. 'Iemand heeft mijn reservekleren gestolen, zeg ik je! Een goed paar hozen, een hemd zonder gaten, een wollen wintermuts! Alles verdwenen! Wie gaat mij vergoeden, vertel me dat eens?' Niets hoort Lowyse. Ze schrijft.

'Waarom doe je het?' vraagt Barbele voor de zoveelste keer als Lowyse klappertandend en uitgeput terugkomt van het scriptorium, haar vingers verkrampt en bruin van de inkt. Lowyse weet maar al te goed waarom. Zodra ze voldoende Latijn kent, kan ze immers het manuscript in Arends kist lezen. Maar het gaat traag, veel te traag.

'Ze doet versterving', zegt Walburgis die staat mee te luisteren. 'Dionysus de Kartuizer eet als versterving rottende kersen en boter met wormen', voegt ze er met een ernstig gezicht aan toe als de twee anderen haar verwonderd aankijken. Maar ze krijgt er van hen nog een lachbui bovenop.

'Is het daarom dat jij 's morgens zoveel boterhammen naar binnen werkt?' plaagt Barbele.

'Ik moet nog groeien, zegt vader, eenmaal als ik volwassen ben...'

Daar moeten ze weer hard om lachen.

Het kind heeft geen vriendinnen. Met haar negen jaar vindt iedereen haar te jong. Zodra ze over godsdienst praat, klinkt ze te heftig. Bovendien blijft ze maar de dochter van een heel ordinaire koopman. Ook al is die dan stinkend rijk, een adellijke titel ontbreekt er hem aan en dat zal Walburgis weten.

'Wat is jouw devies, Walburgis?'

Het wordt stil in de dormter. De andere meisjes stoten elkaar aan. Een devies hebben ze geen van allen, maar ze weten tenminste dat Lowyse de spreuk op een wapenschild bedoelt. En dat Lowyses vader er een heeft, daarom kijken ze ook zo naar haar op.

De stilte blijft heel lang hangen, tot het kind ten slotte haar schouders ophaalt en in een hoekje gaat zitten.

'Wat is jouw devies, Lowyse?' vraagt ten slotte een van de andere meisjes.

'*Para tutum* staat op het schild van mijn vader!'

'Wat betekent dat?'

Ze antwoordt met haar neus in de lucht, bewust van de boze blikken die Barbele haar toewerpt. 'Het komt uit het lied *Ave Maris Stella*', zegt ze op de belerende toon die ze hun schooljuf vaak hoort gebruiken. 'We bidden tot Moeder Maria: *Vitam praesta puram, Iter para tutum,* maak ons leven zuiver en bereid ons een veilige weg. Dat is de weg van de Adornes: veilig en vlekkeloos, gezegend door de Moeder Gods.'

Barbele staat op en gaat demonstratief naast Walburgis in de hoek van de kamer zitten. Die kijkt haar dankbaar maar niet-begrijpend aan.

Para tutum! Niet voor niets is dat het motto van Anselm Adornes. Hij draagt het op zijn wapenschild, hij laat het kerven in de balken van de Jeruzalemkapel, hij grift het in zijn geheugen. *Para tutum.* Een veilige weg vinden! Geen gemakkelijke opdracht voor een diplomaat en onder-handelaar. Soms doe je uitspraken tegen de een die je niet tegen de ander zou durven herhalen, soms ben je bevriend met de vijand van je vriend en wil je niet dat je vriend je vijand wordt maar de vijand vriend van jouw vriend. Je doet beloftes, je doet om goed te doen, je doet om bestwil, vol goede intenties, maar die blijven vaak onbegrepen.

Anselm Adornes zit in De Croone te genieten van warme rode wijn en stopt Seppe een paar muntstukken toe als hij eerbiedig een nieuwe hete roemer, waaruit de dampen van kruidnagel opstijgen, voor zijn neus zet.

'Op de goede afloop!' Hij heft zijn roemer naar Thomas Boyd die gedachteloos met zijn dolk zit te spelen, dezelfde dolk die Tommasso Portinari een litteken voor het leven bezorgde.

Met een krachtige slag van zijn pols mikt Boyd zijn mes in het hout van het tafeltje, waarin het trillend rechtop blijft staan.

'Ik hoop het voor jou. Je weet wat er voor jou op het spel staat, vriend!'

De wijn smaakt opeens erg bitter.

Para tutum. Een wespennest.

'WIE UIT STELEN GAAT *voor eigen heil:*
hij is vermetel maar verdoemd!
Wie steelt voor het heil van een ander:
een held die zich met zijn lot verzoent!'

's Nachts staat Elegast voor haar in duister ornaat, zijn
gezicht onzichtbaar, zijn zwaard zinderend in het maanlicht.
Ze dwingt zichzelf haar ogen wijd open te sperren. De nacht is
absoluut, de wereld buitengesloten achter de dichtgeklapte
luiken van de dormter. De gestalte buigt zich over haar.
'De tijd dringt! Waar wacht je nog op, Ludovica Adornes?'
Het belooft een lange, slapeloze nacht te worden.

Bij het eerste ochtendlicht staat Lowyses besluit vast. De
enige hinderpaal is Walburgis die rond Barbele loopt te
draaien als een kuikentje dat een kloek zoekt. Lowyse kan
haar vriendin geen moment alleen te pakken krijgen.
'Ik wil die manuscripten', fluistert ze dan maar tijdens het
ontbijt, ze kan niet langer wachten. 'Die vellen papier in de kist.'
'Welke manuscripten, welke kist?' Walburgis heeft mee-
geluisterd en barst van nieuwsgierigheid.
'Geen spek voor jouw bek!'
'Och, laat haar toch meekomen, ze kan op uitkijk staan terwijl
wij...'
'Nee, Barbele, hoe minder mensen hiervan weten, hoe beter.
Het is niet veilig.'
'Wat ga je ermee aanvangen?'
'Sjt! Niet zo luid en laat dat kind erbuiten. Als ze haar mond
niet kan houden...'
'Maar mij vertrouw je?'
'Ik moet wel', zegt Lowyse. Het klinkt niet brutaal maar
wanhopig.

Elke ochtend trekt Symoen Arend er met de kar op uit om inkopen te doen of spullen uit het abdijdomein te verkopen in het dorp. Ook nu weer zien ze zijn kar het erf af dokkeren als ze uit de refter komen.

'Een koud kunstje', zegt Lowyse stoer. 'Alleen zorgen dat niemand ons ziet, anders krijgen we daar moeilijkheden mee.'

'Waarom doe je zo onvriendelijk tegen Walburgis?' vraagt Barbele plots.

'Ik doe niet onvriendelijk, ik wil alleen niet dat ze meegaat.'

Lowyse weet echter maar al te goed wat haar vriendin bedoelt. Hoe kan ze uitleggen dat Walburgis haar zo erg aan Katelijne doet denken dat de haartjes op haar armen ervan overeind komen? En dat ze niets maar dan ook niets met dat kind te maken wil hebben?

'Het is niet eerlijk van je', zegt Barbele alleen, nog voor ze het schuurtje binnenglippen. 'Walburgis heeft je toch niets misdaan?'

Ze staat op de uitkijk terwijl Lowyse de kist opent, het bovenste vel papier van de stapel af neemt en dat zorgvuldig tussen haar boven- en haar onderjurk verstopt.

'Waarom neem je ze niet allemaal tegelijk mee?'

'Hij mag er niets van merken!'

'Wat ga je ermee doen?'

'Even lenen en terugbrengen.'

'Je kan toch niet lezen wat erop staat.'

'Ik niet, nee.'

Na de les Latijn mag ze tot het middaggebed in het scriptorium gaan werken. Josina komt haar ophalen in de klas en ze schuift met een zucht van opluchting van haar bankje. De andere leerlingen kijken haar na met een mengeling van bewondering en onbegrip. Je moet goed gek zijn om uit vrije wil zo hard te willen werken, maar ook goed slim en misschien heeft haar vader er iets mee te maken. Zou iemand de dochter van Anselm Adornes ooit iets kunnen weigeren, hoe krankzinnig ook? De stilte binnen het slotklooster is niet koud maar vriendelijk. Lowyse houdt van de verbaasde maar zachte glimlachjes die de andere zusters haar geven als ze hen tegenkomt, onderweg naar het scriptorium. In hun jurken van grauwe ongeverfde schapenwol en zwarte sluier zien ze er allemaal een beetje hetzelfde uit, zelfs hun gezichten lijken jong noch oud. Het verwondert Lowyse niet: voor wie voortdurend oprecht tot God bidt, blijft de tijd immers stilstaan. Tijdens het bidden verouder je niet.

Eén non is anders, één die geen gedag knikt. Ze heeft zoveel rimpels alsof ze haar hele leven nog niet één keer correct gebeden heeft, is helemaal in het zwart gekleed met een wijde mantel met kap en staart Lowyse vijandig aan. 'Zuster Vinckx', fluistert Josina. 'Je kan maar beter uit haar buurt blijven.' Lowyse durft niet om uitleg te vragen want loos gepraat is ten strengste verboden.

Vandaag mag ze voor 't eerst aan een echt boek beginnen te werken. Josina prepareert het perkament voor haar met puim-steen en strooit er daarna een dun laagje kalk over, zodat de inkt gelijkmatig zou kunnen indringen. Het oefenvelletje ligt nog altijd op haar werktafel. 'Kan ik dit stukje perkament opnieuw gebruiken, Josina? Ik zou graag nog wat extra oefenen. Met een beetje verdunde inkt en een oude pen. Zou dat mogen?'

'Vrouwe Vinckx? Iedereen kent toch het verhaal van vrouwe Vinckx? Er werd schande over gesproken van Sluis tot Gent. Ze is zonder toestemming uit ons klooster weggelopen om abdis bij de Benedictijnen te worden en daar deed ze het zo slecht dat de zusters haar eruit hebben gegooid, letterlijk! Kan je je 't voorstellen? Toen kwam ze weer bij ons aankloppen alsof er niets aan de hand was.'

'En de abdis liet haar terugkeren?'

'Uiteindelijk wel. Mevrouw van Aertrycke is een goede vrouw. Ze volgt de weg van de Goede Herder, die sloot ook het zwarte schaap in zijn armen. Maar vrouwe Vinckx moet wel het zwarte Benedictijner habijt blijven dragen als uiterlijk teken van haar ongehoorzaamheid.'

'Denk jij dat God goed is, Barbele?'

'Hier, binnen de abdijmuren? Ja. Onze abdis is goed. Dus hier is God goed. En jij?'

'Ik had altijd het gevoel dat God erg machtig is. Mijn vader is machtig. Mijn vader zegt: God is met ons. Maar hier is God anders, zachter, warmer. Ik denk dat ik meer van de God binnen deze muren hou.'

'Mis je je vader?'

'Ik weet het niet. Met Kerstmis zie ik hem terug. Dat is niet lang meer.'

'Verlang je ernaar?'

'Ja, dat wel.'

'Dan mis je hem. Dat is missen: als je verlangt iemand terug te zien.'

'Hou erover op, Barbele!'

Ze heeft al die weken nog geen traan gelaten. Zou Elegast gehuild hebben toen hij have en goed verloor en tot stelen werd gedwongen? Helden huilen niet.

'Wat ben jij eigenlijk aan het uitspoken?' Barbele buigt zich nieuwsgierig over Lowyses schouder.

Ze zitten samen op hun favoriete schuilplekje in een afgelegen hoekje van het domein, een wildernisje vlak bij de slotgracht, dat door de tuinmannen ongemoeid wordt gelaten. Met hun rug tegen de brede stam van een oude wilg, zitten ze beschermd tegen nieuwsgierige blikken. Aan één kant is de wilg hol en Barbele beweert dat er in dat hol een grote zwarte eekhoorn woont die er nu zijn winterslaap houdt.

Lowyse houdt een stuk perkament op een platte steen voor zich. Ze krabt en krabt verwoed op de bruinzwarte letters tot ze verdwijnen in het ruige vel dat overblijft.

'Dat ziet er niet mooi meer uit.' Barbele strijkt over het gehavende perkament.

'Goed genoeg voor mij.'

Vanonder de platte steen tovert ze inkthoorn en pen te voorschijn. Dan gaat haar hand onder haar jurk en haalt ze het vel papier dat ze vanmorgen uit de kist van Arend nam. 'Nu je hier toch zit, hou jij het papier voor me open?'

'Je hebt een klap van de molenwiek gekregen, Lowyse Adornes.'

Lowyse zet de steen schuin tegen haar opgetrokken knieën, het lege vel erbovenop. In die ongemakkelijke houding pent ze zorgvuldig de vreemde, gevaarlijke letters over.

HOE HARDER SEPPE HOLDE, hoe meer hij verdiende. Hij was de snelste, de meest gedienstige. De waard van De Croone zag hem graag komen. Werken was vergeten, werken betekende trots en aanzien. Hij verdiende veel meer dan zijn drie broers samen die probeerden aan de kost te komen met her en der klusjes te klaren en voor het eerst had hij iets te betekenen in het huishouden. Hij hield van het geluid van de rinkelende munten in de vouwen van zijn mouwen en het blije gezicht van moeder als ze de mijten uittelde in haar warme handen. Als zijn verlangen naar Luigi te sterk werd, maakte hij een ommetje langs de Heilige Eik, knielde bij de bron en pletste het opborrelende ijswater in zijn gezicht. Drinken durfde hij er niet van, ook al bleef Mie beweren dat de bron van het zuiverste water was. Daarna bad hij tot de geest van Lange Vinger en herhaalde zijn enige, diepste wens.

'Geef dat kind nog een kom soep, hij moet werken vanavond', zei vader Ginelli en hij trok een stuk van zijn eigen homp brood en schoof het in de richting van zijn jongste zoon. Het was alsof hij Seppe voor 't eerst opmerkte nu hij 't was die het meeste geld binnenbracht.

De varkens waren onrustig, moeder had ze in de keuken opgesloten zodat ze ongestoord zouden kunnen eten, maar nu knorden en piepten ze dat horen en zien je verging.

'Wat is er toch met die beesten?' klaagde vader.

'Honger, ze hebben altijd honger.'

'Ik zal verdomd blij zijn als ze weer in hun hok kunnen!'

Maria Ginelli sloeg een kruis. 'Je vloekt!'

'En wat dan nog? Als het zo blijft vriezen, halen we het einde van de winter niet! In de hel zal 't tenminste lekker warm zijn!'

Seppe maakte dat hij weg kwam, hij schopte de nerveuze

varkens van zich af en knalde de keukendeur achter zich dicht. Frisse lucht, eindelijk! Hij haalde diep adem en rekte zich eens goed uit. Toen hij zijn ogen opendeed, stond Luigi voor hem. De varkens krijsten het uit.

''t Zijn net waakhonden', spotte Luigi. 'Zodra ze me roken, begonnen ze te grommen. Wat geven jullie die beesten te eten?'

'Luigi!'

'Goed gezien, dat ben ik!'

Hij moest zich tegenhouden om niet zijn armen om die kleine gestalte heen te slaan, om het niet uit te schreeuwen, te zeggen: waar bleef je zo lang, ik heb je zo hard gemist. De woorden tolden in zijn hoofd.

'Je kijkt alsof je een spook ziet.' Luigi nam zijn vriend bij beide armen. 'Word wakker, Seppe, ben je niet blij dat ik er ben?'

Hij knikte en knikte, een houten pop aan een koordje.

'Geen tijd te verliezen! We hebben een belangrijke missie te vervullen, jij en ik. Kom mee naar het havenkwartier!'

De dikke koopman bleef met zijn vingers over het perkament glijden, opnieuw en opnieuw.

'Een hergebruikt stuk perkament, niet van al te beste kwaliteit... welke oude bok hebben ze daarvoor geschoten? Hmm, een onregelmatig handschrift in zwaar verdunde inkt. Moeilijk leesbaar.'

Hij bestudeerde het kereltje, de muts eerbiedig in de handen, het hoofd gebogen.

'Kijk me eens aan!' De wijsvinger met de rode robijn duwde de kin van de jongen omhoog.

Hoe oud zou hij zijn? Twaalf, veertien? Niet ouder. Een ovaal, donker gezicht. Geen rasechte Bruggeling. Dit ventje had net zoals hijzelf zuiders bloed in zijn aderen.

'Wie is je opdrachtgever, jongen?'

'Het spijt me, heer Magelaes. Dat kan ik niet zeggen.'

'Je opdrachtgever, wat heeft hij je verteld?'

'Ik moest u van hem twee vragen stellen, heer. Of dit een belangrijk document is en of het gevaarlijk is voor Adornes.'

Seppe bleef de Portugese koopman recht in de ogen staren. Hij had niets te verliezen. Hij sprak niets dan de waarheid.

'Natuurlijk, dat beseft toch iedereen die het leest!' reageerde Magelaes geërgerd. 'Gevaarlijk? Zeer gevaarlijk. En niet alleen voor Adornes. Er rollen koppen als zoiets in verkeerde handen komt.'

'Dank u heer, dat is alles wat ik moest weten.'

Seppe stond op en wilde het perkament terug nemen.

'Zo snel kom je er niet vanaf, jongen! Als ik het goed begrijp: jij kan het niet lezen? En je opdrachtgever ook niet? Daarom komen jullie naar mij? Vreemd. Zeg je opdrachtgever dat ik hiervan meer wil hebben, alles. Er hangen levens vanaf. Heb je dat goed begrepen?'

Seppe graaide het perkament beet en stopte het onder zijn jak.

'Ja heer!'

'Hou die manuscripten goed verstopt en praat er met niemand over. Dit is geen spelletje, jongen!'

Rond middernacht roepen de klokken hard en nadrukkelijk de kloosterlingen uit hun diepste slaap. Het is tijd voor de metten. Barbele en Clara springen hun bed uit. Ze hebben maar een tiental minuten, dan luidt de klok voor de tweede keer en moeten ze al op hun plaats in het koor zitten. Als ze slaapdronken de deur van de dormter opentrekken, staat een verkleumde Lowyse voor hen.

Ze slaken net geen gilletje.

'Waar kom jij vandaan?' snauwt Clara geschrokken.

'Ik moest dringend...'

'Jij hebt wel een kleine blaas, ik zie jou voortdurend van het aisementshuisje komen, 's nachts', sneert het oudere meisje. 'Of was je van plan deze keer mee te komen naar de nachtdienst?'

'Veel te moe.'

'Laat haar toch met rust!' komt Barbele ertussen. 'Haast je, straks zijn we te laat.'

Clara houdt niet op. 'Je kan al maar beter wat oefenen, binnenkort heb je niet meer te kiezen.'

'Vader komt me halen.'

De ander lacht haar vierkant uit. 'Dat heb ik twee jaar geleden ook gezegd!'

DE TWEEDE KEER IS GEMAKKELIJKER dan de eerste. Wachten tot Symoen Arend er met zijn kar vandoor is, schuurtje in duiken, vel papier terugleggen, nieuw vel meenemen. Alleen jammer dat het perkament waarop ze overschrijft zo ruig is geworden, dat ze moeite zal hebben er de letters nog leesbaar op te krijgen. Zou ze van Josina nog een nieuw vel kunnen bemachtigen?

Barbele heeft deze keer geen zin in het klusje. 'Het is het feest van de Conceptie van de Heilige Maagd vandaag!' protesteert ze. 'Weet je wat dat betekent? Dat we na het middaggebed met z'n allen verwacht worden voor een schuldkapittel! Dat je in de kapittelzaal op je buik moet gaan vallen en je fouten bekennen, terwijl iedereen erbij staat! En jij wil weer eens uit stelen gaan, precies vandaag!'

'Eén blaadje maar, dat merkt hij nooit. En het is niet stelen, het is lenen, ik leg de vellen daarna toch netjes terug?'

9 december is het en nog schemerdonker. In het schuurtje moeten ze zich tastend een weg zoeken tussen de voorwerpen.

Lowyse heeft als eerste de kist gevonden en probeert het deksel op te lichten. 'Help me eens, het zit klem!' Hoe hard ze ook proberen, er is geen beweging in te krijgen. Barbele tast het deksel af. 'Een slot, er zit een slot op!' Ze trekt haar vriendin overeind. 'Hier klopt iets niet!'

Lowyse voelt het nu ook: een stevige ketting met een slot. 'Misschien kunnen we het lospeuteren?' probeert ze nog.

'Vergeet het maar, we gaan ervandoor!'

Barbele opent het deurtje van de schuur, licht stroomt binnen, niet alleen het eerste zonlicht maar ook het licht van een toorts.

Daar staat Symoen Arend, een verbeten blik op zijn gezicht.

Hij pakt Barbele ruw bij de arm en duwt haar naar binnen. 'En daar is nummer twee!' roept hij als hij Lowyse ziet die niet weet welke kant ze uit moet.

'Dus jullie zijn de diefjes hè? Eerst mijn kleren pikken en nu... wat wilden jullie deze keer meenemen?'

Hij laat het licht van de toorts over hun beide gezichten schijnen.

'Ah, wie we hier hebben! Het teefje met het brutale snoetje! Durf je nu nog voor Eva te spelen als ik zo vlak voor je sta?'

Hij blijft Barbeles arm vasthouden terwijl hij zich naar Lowyse keert: 'Jouw smoeltje komt me ook bekend voor. Ik vraag me af van waar...'

'Je kan maar beter oppassen wat je zegt, Symoen Arend', vliegt Barbele uit. 'Weet je wel met wie je te maken hebt?'

'Niet doen!' sist Lowyse maar het is al te laat. Ze kan de woordenstroom van haar vriendin niet tegenhouden.

'Dit is Lowyse Adornes, de dochter van de machtige Anselm Adornes! Als je ons één haar durft te krenken, is je leven geen mijt meer waard!'

Arend lacht honend.

'Adornes? Dit is zijn dochter? Wel, wel! Als dat geen toeval is!'

Hij blijft zijn toorts voor Lowyses gezicht houden. De hitte en het felle licht doen pijn aan haar ogen.

'Laat ons gaan!' stampvoet Barbele. 'We hebben je kleren helemaal niet gestolen. Eh... We kwamen alleen maar onze stelten halen.'

'Stelten?'

'Daar, in de hoek, die bonenstaken, ze stonden eerst buiten, we hadden er plankjes aan vastgemaakt, kijk maar! En nu waren ze zoek, dus gingen we hier binnen kijken of we ze konden vinden.'

De magere man met het rode piekhaar houdt zijn toorts omhoog en staart een ogenblik stomverbaasd naar de staken die inderdaad voetjes hebben gekregen. Lowyse ziet hem twijfelen, maar hij herstelt zich. 'Zo gemakkelijk komen jullie er niet vanaf! Mijn bonenstaken nog verknoeien op de koop toe! Welke prijs zou ik jullie daarvoor kunnen laten betalen? Geld maakt niet gelukkig zeggen ze, maar ik weet iets dat me wel heel gelukkig zou maken...'

Hij wrijft de stof van Barbeles mouw omhoog en laat zijn hand op haar blote arm rusten. 'Jij bent toch graag Eva? Zullen we samen aards paradijsje spelen?'

Zijn lelijke vuile klauw op Barbeles witte huid. De reuzenkraai staat klaar om zijn prooi te verslinden. Nog één tel en hij duikt op haar neer als een grote zwarte schaduw. Nog één tel en het bloed vloeit.

Het wordt Lowyse zwart voor de ogen.

'Barbele? Lowyse? Hebben jullie die stelten al gevonden? Straks gaat de bel en hebben we geen tijd meer om te spelen!' Een plotse stroom frisse lucht. Ze opent haar ogen. In de deuropening staat de kleine Walburgis. Met haar handen in haar zij ziet ze eruit als een miniatuur visvrouwtje. 'Waar blijven jullie toch?' Haar schrille stemmetje klinkt als engelengezang.

Arend vloekt, laat Barbele los, beent met grote boze stappen de schuur uit, terwijl hij de kleine Walburgis ruw opzij duwt. 'Als ik jullie hier nog één keer betrap, vil ik jullie levend!'

'Wat is er met je, je ziet lijkbleek!' Lowyse schudt de nachtmerrie van zich af. 'Hij had je bijna te pakken!' 'Och, er is toch niets gebeurd? Waar maak jij je druk over?' Barbele tilt Walburgis op en maakt een rondedansje met haar tot ze kraait van plezier zoals kleine Betkin doet. 'Dappere Walburgis! Hoe wist je dat van die stelten?' 'Ik had jullie het schuurtje zien binnengaan en daarna zag ik Arend achter jullie aansluipen, dus ben ik hem gevolgd en heb alles gehoord. Heb je echt stelten?' 'Natuurlijk. Kom, we gaan ze meteen halen, je krijgt ze cadeau van mij.' Lowyse schreeuwt het uit. 'Niet doen!' 'Wat heb je toch, ik plaag maar wat!' 'Dit is geen spelletje, Barbele!' Het lijkt erop dat ze zich vergist heeft in Walburgis. Zou Katelijne zoiets ooit gedaan hebben? Ze zou het misschien gedurfd hebben, maar zou ze het gedaan hebben? Ze stapt op Walburgis toe en drukt haar de hand. 'Bedankt.'

'Graag gedaan.'

Barbele springt tussen hen in. 'Vriendinnen? Zullen we alledrie vriendinnen zijn?'

'Zussen', zegt Walburgis gretig. 'Ik heb altijd graag zussen gewild.'

Lowyse trekt een grimas.

'Je mag niet liegen, anders ga je naar de hel.'

Van het ene moment op het andere is Walburgis veranderd in een hoopje grauwe ellende. Het tijdstip van het schuldkapittel nadert en er wordt behoorlijk wat afgefluisterd en zenuwachtig gegiecheld. Voor de meeste meisjes is het de eerste keer dat ze zoiets meemaken: in het publiek je tekortkomingen bekennen! Fouten genoeg, daar niet van, maar hoe begin je eraan ze toe te geven waar iedereen bij staat?

Clara plaagt: 'Vorige keer is het bijna op een regelrecht gevecht uitgedraaid, waar of niet Barbele?'

'Omdat jij je mond niet kon houden, Clara!'

'Ik had het recht te zeggen dat je de priores een heks had genoemd!'

'O ja, dan heb ik deze keer het recht te zeggen dat jij... dat jij...'

Lowyse moet haar vriendin tegenhouden of ze gaat weer op de vuist.

Clara grinnikt. 'Ik zou maar geen wraak proberen te nemen als ik jou was, Barbele, anders doe ik nog eens een boekje over je open, over jou en die adellijke vriendin van je!'

'Ze is jaloers', schokschoudert Barbele het incident weg. 'Ze is zelf een heks. De enige reden waarom ze in het klooster zit is omdat ze te lelijk en te slecht is om ooit aan een man te geraken.'

Lowyse is er niet gerust in, evenmin als Walburgis. Die vindt dat ze moet bekennen wat er in de schuur gebeurd is of ze zal eeuwig branden in de hel.

'Ik kan het niet op mijn geweten hebben dat je voor mij naar de hel gaat, Walburgis. Voor mezelf is dat anders.' Barbele kijkt uitdagend. 'Ik lieg. Voor Lowyse en voor jou. En jij, Lowyse?'

'Ik lieg voor jou en voor Walburgis, Barbele.' Ze voelt de koude rillingen over haar rug lopen terwijl ze dat zegt. Ze gaat trots rechtop staan. 'In naam van Elegast', zegt ze langzaam. 'Voor trouw en eer.'

'In naam van Elegast', herhaalt Barbele.

Walburgis barst in snikken uit. 'Jullie zijn mijn enige vrienden en dan moet ik jullie verraden?'

'We zullen je niets verwijten, lief kind', zegt Barbele moederlijk. 'Ik begrijp dat je bang bent. Ik ben zelf ook bang. Alleen hoop ik lekker lang te leven, zodat God tegen die tijd al wat van mijn zonden vergeten is.'

'Het hellevuur brandt ongenadig', mompelt Walburgis met een trillend stemmetje. 'De duivels stoppen je in ketels kokend pek en branden je, een eeuwigheid lang!'

'De zweepslagen van zuster priores zijn daar een voorproefje van', vult Barbele aan.

'Zweepslagen?' Nu is het hek helemaal van de dam. Walburgis staat te bibberen op haar beentjes.

'Sinds de nieuwe abdis er is, mag ze niet meer slaan, maar ik heb verhalen gehoord...'

Lowyse heeft opeens medelijden met het kind. 'Misschien moet je als straf alleen maar wat versterving doen', troost ze.

'Dat zal je helemaal niet erg vinden, integendeel.' Barbele kan het niet laten om het laatste woord te hebben. 'Wat was het ook alweer: boter met wormen en rottende kersen als ontbijt?' Zij is de enige die om haar eigen mopje kan lachen.

De kapittelzaal is een langwerpige, sobere ruimte die gedomineerd wordt door een levensgroot kruisbeeld. Hier op die smalle bankjes tegen de muren, waar dagelijks de nonnen samenkomen om alle belangrijke kloosterzaken te bespreken, zitten nu de timide leerlingen, bang tegen elkaar aangedrukt. Aan de lessenaar staat de abdis te wachten tot het muisstil is. Naast haar staat de priores nors voor zich uit te kijken, haar handen op haar rug. Lowyse stelt zich voor hoe ze een klein, venijnig zweepje in haar handen houdt.

Er heerst doodse stilte als de abdis de regels van het vreemde spel uiteenzet. Hoe elke leerling zich om de beurt voor het kruisbeeld moet neerwerpen, bij een teken van de abdis weer opstaan en haar tekortkomingen vertellen. Hoe, wanneer ze allemaal aan de beurt zijn geweest, er nog een tweede ronde volgt waarin de leerlingen elkaar kunnen beschuldigen als ze vinden dat iemand niet eerlijk is geweest. Hoe iedereen in eigen hart moet kijken en oprecht moet zijn ten opzichte van God, want dat valse beschuldigingen zwaar zullen worden gestraft. En hoe, als ze eenmaal novice zijn, ze dit elke week zullen doen, samen met de andere zusters.

Elza komt als eerste naar voren: appels gepikt, gebabbeld in bed met haar zus. Anna: idem. Gelukkig maar, stel je voor dat die een ander verhaal zou vertellen. Clara: jaloerse gedachten gehad over Lowyse. Hè? Omdat die al in het scriptorium mag werken. Barbele stoot Lowyse aan met een zie-je-wel-blik.

'Na Kerstmis word je novice en dan krijg jij ook die kans', zegt de abdis kalmpjes. 'Dat is nog een maand, denk je dat je nog zolang kan wachten?' De andere leerlingen stoten elkaar aan.

Dan is het Lowyses beurt. Onvriendelijk geweest tegen Walburgis, zegt ze met luide stem, en haar buitengesloten. Ik heb er spijt van. Ze hoort haar medeleerlingen onrustig schuifelen achter haar rug en kijkt op naar de abdis. Die knikt bemoedigend. Het gezicht van de priores is een masker.

Barbele kan niet wachten en werpt zich meteen na haar op de grond met een smak die niet anders kan dan pijn doen, staat op: in slaap gevallen tijdens de priem. Dat is een goeie. Pas als iedereen aan de beurt is geweest, stommelt Walburgis naar voren. Ze gaat langzaam en uitgestrekt op de kerkvloer liggen als een drenkeling op het droge.

'Sta op kind, en spreek!' Catharina van Houboke wordt ongedurig omdat ze niet snel genoeg in beweging komt.

Walburgis krabbelt overeind en mompelt iets.

'Luider spreken!'

Haar klasgenoten spitsen de oren. Nu wordt het pas interessant! Barbele en Lowyse knijpen in elkaars hand.

'Ik eet te veel, zeer eerwaarde moeder.'

'Wat zeg je, kind?'

'Ik eet vier sneden roggebrood bij het ontbijt, zeer eerwaarde moeder, elke dag.'

'Wat is daar verkeerd mee, kind?'

'Ik moet versterving leren doen. De heilige Dionysus...'

Lowyse en Barbele proesten het nu uit en ook de andere meisjes beginnen opgewonden te giechelen en te babbelen.

'Stilte!' De priores staat op springen. 'Stilte of ik laat de kapittelzaal ontruimen!'

'We zijn er toch goed vanaf gekomen, vandaag.'

'Heel goed.'

'Wie had dat ooit gedacht van Walburgis.'

'Ik in ieder geval niet. Zag je mevrouw Van Aertrycke lachen? Ze moest zich inhouden om niet mee te gaan giechelen. En geen straf gekregen, niemand.'

'Dat krijgen de leerlingen nooit. Het is maar om te oefenen. Maar als je eenmaal novice bent...'

'Ach, hou op, mij jaag je geen schrik aan. Ik geloof er trouwens niets van, van dat zweepje.'

Ze hoort haar vriendin grinniken. 'Het had toch gekund, waar of niet?'

'Je bent een slecht vel Barbele, en zwijg nu, ik wil slapen.'

'Lowyse?'

'Mmm.'

'Die documenten in de kist... Hebben die iets met je vader te maken?'

'Slaapwel, Barbele.'

Een plotse dooi rond Kerstmis. Zacht weer, alsof het lente is. De reien kunnen de toevloed van smeltwater niet slikken en staan voortdurend op overstromen. Bleek en kleumerig komen de Bruggelingen uit hun legers gekropen, luiken en deuren klappen open, de westenwind waait de stoffige enge woonruimtes schoon, wasgoed wappert weer. De ouderlingen mompelen dat ze zoiets al vaker meegemaakt hebben, dat het nu tot nieuwjaar zacht zal blijven maar dat de winter nog lang niet al zijn tanden getoond heeft. Nee, hen maak je niets wijs, zij weten wel beter, zet je schrap, hou je vast, 't zal nog gaan stuiven.

De toegangspoort tot Sint-Trudo is te smal voor de massa dorpelingen die zich een weg banen naar de kloosterkerk voor de middernachtmis. Ze willen er immers snel bij zijn, want aan de deur van de kerk hebben de zusters een paar potige pachters gezet om ervoor te zorgen dat, als de kerk eenmaal vol is, er geen levende ziel meer in mag. Duwen en smeken zal niet helpen, vol is vol, anders komen er weer ongelukken van. Vorig jaar was er een kind onder de voet gelopen, ze hadden het lijkje pas na de mis teruggevonden, een bloederige smurrie van darmen en ingewanden, alleen aan de uiteinden kon je nog zien dat het een kind was geweest, de handen, de voeten, het hoofdje. Een schande, en dat op het feest van de geboorte van Jezus.

Lowyse voelt zich alsof ze op eieren loopt. Zou vader nu echt wel komen? Er is keuze genoeg aan kerken waar vaders aanwezigheid als een hele eer wordt beschouwd. De statige Sint-Donaas, bij de machthebbers, de heer van Gruuthuse, de gezanten van de hertog. Het machtige Kartuizerinnenklooster

187

waar Margriete verblijft. Misschien zelfs bij de Arme Klaren in Gent, bij Katelijne?

Sint-Trudo heeft maar een dorpskerkje. Kijk hoeveel modderige boeren er naar binnen schuifelen, een muts in hun vereelte hand. Een paar ouders van leerlingen, dat wel. Die van Walburgis, daar helemaal vooraan, zij heeft weer die enorme punthoed op en zijn vest blinkt en tinkelt van het goud, ze zwaaien, ze lachen, Walburgis bloost en zwaait terug. De priores heeft haar al een paar strenge blikken toegeworpen, maar die ziet ze niet, zo blij is ze.

De klokken klingelen steeds heftiger. Het geroezemoes wordt luider en aan de kerkdeur weerklinken boze, opgewonden stemmen. De kerk zit vol, de deuren klappen dicht en de breedgeschouderde brouwer van het abdijdomein zet er zijn rug tegen. Barbele kijkt haar vriendin vragend aan. Lowyse schudt het hoofd en staart naar de donkere plavuizen van de kerkvloer tot ze aan het dansen gaan.

'Lowyse Adornes!' Eindelijk is het haar beurt om naar de gastenkamers te gaan. De anderen zijn al allemaal geweest, Walburgis zelfs twee keer. Lowyse heeft de medelijdende blikken van haar medeleerlingen moeten trotseren en het spotlachje van Clara, al het gebabbel en gedoe om horendol van te worden, Anna en Elza voorop, die hebben de meeste geschenkjes gekregen en zijn ze nu volop aan het keuren: een benen kam, een spiegeltje met kraaltjes, een pak versgebakken kruidenkoeken, een broos flesje reukwater.

Het is Josina die dienst doet bij de gastenkamers. Ze wijst de juiste kamer aan, de verste links in de hoek, dezelfde waarin ze maanden geleden voor 't eerst in het klooster ontvangen werd. Het lijkt wel een leven geleden.

'Vader?' Hij is niet alleen, maar Lowyse ziet niemand anders dan hem en rent naar hem toe, struikelend over haar rokken. Hij neemt haar bij haar schouders voor ze kan vallen en blijft haar vasthouden. 'Wat ben jij groot geworden, ik zou je bijna niet herkend hebben.' Hij keert zich naar de andere in de kamer. 'Ze is echt wel gegroeid, vind je niet, Thomas?'

Thomas Boyd maakt een sierlijke buiging, neemt haar hand vast en brengt die naar zijn lippen, terwijl het litteken tegen de palm van haar hand schuurt.

Tot haar grote opluchting maakt de Schot meteen aanstalten om te vertrekken. 'Tot straks, Anselm, we zien elkaar buiten bij de poort terug.'

'Thomas had nog een paar zaakjes te regelen in de abdij met een landgenoot van hem, dus is hij met me meegekomen', verklaart vader zijn aanwezigheid.

Daar zitten ze dan, naast elkaar op de bank. Vader rommelt in de grote beurs aan zijn riem. 'Een geschenkje voor jou, Lowyse. Ik weet dat ze hier in het klooster niet van bezittingen houden, maar dit is misschien net klein genoeg...'

Ze doet het koordje los van het zachtlederen beursje en vindt er een zilveren ringetje met een klein steentje in. Het schittert als een sterretje als ze het in het licht houdt.

'Ik hoop dat het past', zegt vader. Hij schuift het ringetje aan haar wijsvinger. Het zit een beetje los maar ze zegt er niets van. 'Vind je 't mooi? Ik heb het gevonden bij Magelaes. Het is een diamant, iets heel zeldzaams. Hij komt van het andere einde van de wereld, uit het duisterste hart van Afrika.'

De Moren hebben die ring afgehakt van de hand van een zwarte prinses, bedenkt Lowyse, de vinger er nog aan als bewijs van hun wreedheid. Terwijl hun karavaan langzaam door de woestijnen van Afrika trok, zou de ranke prinsessenvinger verschrompelen en verdrogen tot de ring er ten slotte vanzelf afgleed om in het woestijnzand weg te zinken en er pas vele jaren later door een Portugese koopman gevonden te worden die het kostbare juweel uiteindelijk aan Magelaes had doorverkocht.

Ze beweegt haar hand op en neer zodat de laatste zonnestralen erop dansen. 'Dank u, heer.'

Hij glimlacht tevreden.

Hun stille samenzijn wordt doorbroken door een klopje op de deur. Josina komt kaarsen brengen. 'Doe ik de luiken dicht voor u, heer?' Ze mompelt eerbiedig, durft nauwelijks naar Anselm Adornes op te kijken.

'Laat maar open, we doen ze straks zelf wel dicht', zegt vader vriendelijk.

'Heb je het hier goed?' vraagt hij als ze weer alleen zijn.

'Heel goed, heer.'

'Dat doet me plezier. Het schoolgeld is hoog genoeg, voor die prijs mag het wel wat meer zijn.'

Hij legde zijn hand op de hare. 'Je moeder laat je groeten. En je broertjes en zusjes. Ze stellen het goed. We bidden veel voor jou.'

'En Margriete, heer, hoe gaat het met haar?'

'Goed, goed, heel goed. Heel devoot, zegt de abdis.'

'Hebt u haar gezien? Wat heeft ze gezegd?'

'Gezegd? Ze heeft niet gesproken. Zij heeft geen moeite met het silentium.'

Is ze gelukkig? wil Lowyse vragen, maar wat betekent gelukkig zijn? Wat betekent het anders dan je schikken in je lot, Gods en Vaders wil aanvaarden?

'Mijn testament is geschreven', begint vader opeens, 'Jou en Margriete ben ik niet vergeten. Jullie krijgen de schilderijtjes van Van Eyck, zoals beloofd. Nu ben ik er helemaal klaar voor. In februari vertrek ik naar het Heilige Land.'

Hij vertelt over zijn reis en de havens die ze zullen aandoen, over haar oudste broer Jan die hem in Rome zal opwachten en met wie hij samen zal verder reizen, de belangrijke mensen die hij zal ontmoeten, misschien zelfs de paus in eigen persoon. Lowyses gedachten dwalen naar de prinses wiens ring nu aan haar vinger schittert. Haar huid zou zwart als de nacht geweest zijn. Ze hoopt voor haar dat ze haar eerst vermoord hebben voor ze het juweel van haar hand hakten.

'Jammer dat ik daardoor het huwelijk van Portinari moet missen.' Vaders woorden trekken weer haar aandacht.

'Iedereen praat erover, de hele stad is in rep en roer met de voorbereidingen. Die arme Memling zal zich mogen haasten om hun staatsieportret op tijd af te hebben.'

Het wordt donker en koud in de kamer. Net als vader opstaat om de luiken dicht te maken, klopt Josina weer aan. Ze zeult een mand vol brandhout achter zich aan, maar zodra ze merkt wat vader van plan is, holt ze eerst naar de luiken om ze dicht te slaan voor hij de kans krijgt het zelf te doen.

Als ze de mand hout wil pakken om het haardvuur aan te maken, houdt vader haar tegen. 'Doe de moeite niet, zuster. Ik moet meteen vertrekken. Mijn metgezel zal al op mij staan wachten.'

Hij kijkt naar Lowyses hand met de stralende ring. 'Net een sterretje', zegt hij. 'Jij bent mijn sterretje. Ik zal jouw licht met me meedragen op mijn verre, gevaarlijke reis.'

Voor hij de deur uitgaat, draait hij zich nog even om. 'Ik moest je nog het goede nieuws over Heer Boyd vertellen. Weet je nog dat je me vroeg wanneer hij terug naar Schotland kon? Hij mag in de lente aan het hof van Hertog Karel verschijnen om

zijn zaak te bepleiten. Dus dat komt vast wel in orde.'
Waarom klinkt hij zo bezorgd en helemaal niet blij zoals dat
bij goed nieuws past?

Opeens keert hij op zijn stappen terug en legt zijn handen op
haar schouders. 'We zijn in Gods handen', zegt hij zacht. 'Wat
er ook gebeurt, Wieske, God is met ons.'

Als hij daarna wegbeent door de gang, voelt ze de tranen
komen. Ze duwt ze weg met haar vuisten tegen haar ogen,
Josina staat er nog altijd met die mand in haar hand, ze wil
alleen zijn maar ze kan nergens naartoe, nee, ze wil niet
alleen zijn, ze wil bij vader zijn, zijn compagnon zijn, zijn
vertrouweling. Ze wil mee met hem, gevaren trotseren,
Moren, zeedraken, eenogige cyclopen, vulkanen. Niet zijn
verre ster zijn, maar dichtbij, heel dichtbij, samen. Samen!

Josina legt voorzichtig haar hand op Lowyses schouder.
'Het was een genade Gods om Heer Adornes te mogen
ontmoeten', fluistert ze. 'Een eenvoudig, vriendelijk man.
Wat heb je geluk met zo'n vader, Lowyse.'

HET IS RUSTIG OP HET ABDIJDOMEIN. Geen geratel van karren of af- en aanlopen van werklui en bezoekers. Tweede kerstdag betekent ook geen school vandaag. Tijd om tussen de gebedsdiensten door te lummelen en bij te slapen en elkaars geschenkjes voor de zoveelste keer te bewonderen en te vergelijken of een wandelingetje te maken langs de anders zo drukke paden van het domein. Lowyses sterrenring is met zoveel *ooh's* en *aah's* bewonderd en bestudeerd, dat ze er ruimschoots genoeg van heeft. Ze heeft geen zin meer om te wandelen en te babbelen met de anderen, ligt op haar bed en staart somber voor zich uit, terwijl ze zich af en toe de ogen uitwrijft. Sinds gisteren blijven ongewild de tranen komen, ze kan ze niet tegenhouden, hoe hard ze ook probeert.

'Lig je nu nog altijd te liggen? Luilak!'

Barbele en Walburgis stuiven binnen, ze brengen een briesje mee en ploffen hijgend en giechelend naast haar, op haar bed.

'Je hebt iets gemist, we hebben die griezel van een Arend achter ons aan gehad...'

'...en lopen dat we deden, sneller dan een hazewind!'

Lowyse komt overeind. 'Wat nu weer?' De anderen hebben niet door hoe geërgerd ze zich voelt en blijven lachen. 'Jullie moeten bij hem uit de buurt blijven, ik heb al gezegd dat hij gevaarlijk is!'

'Je overdrijft, Lowyse! We wilden alleen maar even die stelten halen om ons wat mee te amuseren, meer niet.'

'Barbele krijste als een geslacht varken toen hij opeens voor onze neus sprong.' giechelt Walburgis.

'En jij dan? Je gilde als een kraai met keelpijn. We hadden de deur nog niet opengetrokken of daar stond hij, zwaaiend met een riek.'

'Als de duivel met zijn drietand', zegt Walburgis en opeens

lacht ze niet meer. Ze kijkt Lowyse met bange ogen aan. 'Is het daarom dat je zegt dat hij gevaarlijk is, omdat hij de duivel...'

'Begin jij nu ook niet, Walburgis! Straks geloof je je eigen fabeltjes nog. Vertel haar liever over de kist.'

'We renden en we renden en gelukkig botsten we op de brouwer die tonnen bier naar de refter aan het rollen was en dus hield Arend zich in. Terwijl wij zorgden dat we uit zijn buurt kwamen, hoorden we hem tegen de brouwer schreeuwen dat hij het beu was dat die ellendige wichten uit de kloosterschool voortdurend in zijn schuur zaten te rommelen en dat hij zo gauw mogelijk zijn kostbare spullen zou verhuizen waar niemand ze ooit nog zou vinden, te beginnen met zijn kist want zelfs met zeven hangsloten erop was hij nog niet gerust.'

'Waar naartoe? Heeft hij gezegd waar hij de kist naartoe verhuist?'

'Natuurlijk niet!' Barbele komt ertussen. 'Maar hij gaat het ding binnenkort wel weghalen. Weer een zorg minder, waar of niet, Lowyse?'

Ze kijkt haar vriendin net zo lang aan tot die haar ogen neerslaat.

'Walburgis? Ga nog eens even buiten spelen, grote zus moet met Lowyse praten.'

Het kind staat zonder morren op en laat de twee vriendinnen alleen.

'Ze is lief', zegt Barbele. 'Ik zou bijna wensen dat ze echt mijn zusje was.'

'Als ze ook intreedt, zal je meer aan haar hebben dan je ooit aan een echte zus hebt gehad', zegt Lowyse nuchter. 'Maar je had nooit met haar naar de schuur mogen gaan! Wat een stommiteit! Als hij jullie te pakken had gekregen!'

'Daar wou ik het net over hebben.' Barbele strekte zich languit naast Lowyse op haar bed. 'Je bent iets van plan met Symoen Arend hè?'

'Hoe bedoel je?'

'Gewoon, ik zie het aan je ogen. Sinds we je over de kist verteld hebben, staan ze zo helder als spiegeltjes. Lieg niet tegen mij.'

'Wat ga je doen als ik wel lieg? Het zweepje van de priores lenen?'

'Vertel het me.'

'Waarom zou ik?'

'Omdat je me vertrouwt. Omdat je toch een beetje bang bent en het je een goed idee lijkt als je iemand hebt die je kan bijstaan. En vooral: omdat ik nu eenmaal erg nieuwsgierig ben.'

Daar kan Lowyse om lachen. Dan zit ze een hele tijd na te denken, zo lang dat Barbele er ongedurig van wordt. Ten slotte knikt ze en staat op. Ze heeft een besluit genomen. 'Kom mee, naar de holle wilg. Ik wil je iets laten zien.'

'JE ZORGT DAT JE DE STAD UIT BENT met de kar voor de poorten sluiten. Je wacht op me bij de brug vlak voor je Odegem binnenrijdt. Verstop je daar tot ik je roep. We gaan samen iets heel kostbaars ophalen. Zodra de poorten weer open zijn, rijd je de stad binnen en breng je het naar Magelaes. En geen woord tegen niemand, begrepen?'

Geheimzinnig gedoe! Wat bezielde die Luigi? Seppe werd het zo stilletjesaan meer dan beu. Al die vreemde opdrachten waarvan hij het nut niet inzag, Luigi die hem beval alsof hij zijn knechtje was, nee, het stond hem niets aan.

Maar hoe moest hij zoiets ooit over zijn lippen krijgen? Wat zou er gebeuren als hij eens simpelweg 'nee' zei tegen zijn beste vriend?

Wiens brood men eet, diens woord men spreekt, zo was het Seppe ingepeperd. Ja heer, nee heer. Zo deed vader tegen Heer Adornes. Mopperen mocht alleen als niemand je kon horen. Openlijk zweeg je en knikte je en dacht je er het jouwe van.

Luigi bleef maar doordrammen. 'Je gaat het meteen aan boer Ganzemans vragen. Hij zal niet weigeren als je hem een mijt of twee toestopt.' Toen hij Seppe zag aarzelen, voegde hij eraan toe. 'Ik betaal je wel terug! Doe het, vraag het!'

'Dat is het niet', mompelde Seppe. ''t Gaat niet om dat geld...'

Luigi gaf hem een duwtje. 'Waar wacht je dan op, schijtluisje?'

Schijtluisje? Dat was teveel voor Seppe. Hij haatte het als Luigi hem zo noemde.

'Ik heb er genoeg van! Hele dagen ren ik de poten uit mijn lijf in De Croone, doe dit, doe dat, thuis moet ik mij een plaatsje zoeken tussen de zwijnen en jij, jij komt opdagen uit het niets en niet één vriendelijk woord kan ervan af, het is ook snakken en snauwen en... doe het zelf, Luigi, doe het allemaal zelf!'

Hij plofte neer in de hoek van de kroeg, zijn armen over elkaar.

Luigi stond beteuterd te kijken. Alle bravoure was uit hem weggestroomd. Hij schoof naast zijn vriend tegen de muur.

'Het spijt me. Het is van levensbelang, daarom dat ik...'

'Doe het zelf, zeg ik je.'

'Ik kan het niet zelf doen. Je weet waarom. Ik heb je nodig, Seppe, het spijt me als ik...'

Luigi plakte zich tegen zijn vriend aan, zijn strohoed schuurde tegen diens schouder.

'Alsjeblieft? Jij ben de enige...'

Zo zaten ze een hele tijd zwijgend naast elkaar. Het werd later en later. Boer Ganzemans goot het laatste bodempje bier uit zijn kruik in zijn nap. Seppe geeuwde. De waard greep naar zijn bezem.

'Ik kan het echt niet zelf doen, Seppe.'

Langzaam kwam Seppe overeind, zonder één keer naar Luigi te kijken en liep naar Boer Ganzemans toe.

'Mag ik je kar en muilezel morgenavond lenen, boer?'

'Waarom zou ik jou die lenen, klein Italiaantje?'

'Ik zou iets eh... 't is maar voor even, tot zonsopgang?'

'Voor even? Tot zonsopgang? Dat noem ik niet meer voor even. Wat ben jij van plan, Italiaantje?'

Iedereen stond nu mee te luisteren. Er gebeurde tenminste iets. In de dode tijd vlak na Kerstmis was elk verzetje welkom.

'Ah, ons gruutbierdrinkertje', plaagde Warre nu ook mee. 'Al eens flink naar 't huisje kunnen gaan sinds vorige keer?'

'Ik zal er iets voor betalen. Een paar mijten...'

'Een paar? 't Zullen er wel wat meer mogen zijn voor zo'n prachtig beest als mijn Kallekin.' Boer Ganzemans genoot van het spelletje.

Mie Mossel kwam achter de toog vandaan en ging tussen hen beiden staan, in een walm van versgeplukte weekdieren.

'Ben jij nooit jong geweest, Ganzemans? 'k zou bijna denken van niet!'

'Maak dat je wegkomt, Mie, je bederft mijn biertje.'

'Ik blijf staan tot je me gehoord hebt, oude man!' Mie plantte zich breeduit voor hem. 'Kijk eens naar die jongen, kijk eens diep in zijn ogen, hoe ze blinken. Zie je zijn wangen blozen? Hij is verliefd zeg ik je, en dat met die kar van jou heeft natuurlijk met een mooi meisje te maken, waar of niet, boefje?' Ze kneep Seppe hard in de wang. 'En jij zou die jongen dat pleziertje ontzeggen? Geef hem die kar en denk aan de tijd toen je zelf verliefd was!'

Boer Ganzemans zag niets dan een blubberige stinkende massa die hem het plezier van zijn biertje ontnam. 'Al goed, al goed! Maar je brengt mijn Kallekin heel terug, Italiaantje of er zwaait wat.'

Mie Mossel klopte Seppe op de schouder. 'Je bent maar één keer jong.' En terwijl ze zich over hem heen boog, fluisterde ze: 'Ik vraag Lange Vinger om hulp voor jou.' Seppe stak zijn rechterwijsvinger naar haar op. 'Bedankt, Mie.'

Hij ging met brede passen naar buiten, zonder om te kijken.

EEN PEKZWARTE NACHT. Een nacht van dieven en demonen, een nacht om je schuil te houden achter stevig dichtgemaakte luiken en nog eens extra te controleren of de grendel wel goed over de deur geschoven is. Het is net zo'n nacht als die waarop Elegast de vesting van Eggeric binnendrong om diens verraad te ontdekken en dat bijna met de prijs van zijn leven te betalen.

Een windstille nacht waarop giftige nevels opstijgen uit de reien en de walm van afval, urine en uitwerpselen met zich meedragen over de stad; waarop je achter gammele houten gevels het gekuch en gerochel hoort van hen die het einde van de winter niet zullen halen.

Op het hof Adornes dommelen de honden onrustig bij het haardvuur in de studeerkamer. Anselm Adornes is in slaap gevallen op de bank, het kleed aan zijn voeten bezaaid met landkaarten en notities. Een van de twee honden schrikt op en jankt als hij een late ruiter voorbij hoort galopperen over de Verversdijk. Boven in de kamers slapen kinderen en meiden in een warm kluwen van lichamen, een en al zalige vergetelheid.

In het blauwe hemelbed draait de verbannen prinses zich om in een mooie droom over de groene heuvels van haar kinderjaren. De harpij op de grond naast het bed echter, houdt haar ogen wijd opengesperd. Pas als het geluid van de paardenhoeven helemaal is weggeëbd, rolt ze zich als een egel op tot een bolletje en sluit de ogen.

Aan de Kruispoort springen de wachters in het gelid als ze het zwarte paard met ruiter zien naderen.

'Halt, wie daar?'

Ze laten hun lansen zakken als ze het gezicht van de ridder zien. Hij is een trouwe klant na zonsondergang, en gul met zijn beurs.

'Zo laat nog op pad, heer?' vraagt de grootste durver van de twee.

De ridder gooit hem zwijgend enkele muntstukken toe. De andere wachter heeft de poorten al voor hem geopend. Hij trekt hard aan de teugels en zijn paard steigert briesend. In volle galop gaat hij ervandoor.

Seppe had het verdomd koud. Zoals Luigi gevraagd had, had hij zich met de kar verstopt in het struikgewas bij de brug naar Odegem en de natte takken sloegen tegen zijn gezicht als hij zich bewoog. Er was geen ander geluid te horen dan het kabbelen van de beek en de angstaanjagende heksachtige kreet van een kerkuil.

Het was zo stil dat hij zijn oren kon horen suizen, zijn hart kon horen bonzen. Tadoem, tadoem, tadoem! De nacht donderde voort op het ritme van zijn hartslag, steeds harder en harder tot het geluid overal rondom hem was. Tadoem, tadoem! Hij sperde zijn ogen wijd open en kneep zich hard in de arm, maar de nachtmerrie bleef voortduren in een steeds heftiger tadoem, tadoem! Hij sloeg zijn handen tegen zijn oren en schreeuwde het uit. Het daverende gedonder hield onmiddellijk op. En daarna veranderde het, in een zacht, nauwelijks hoorbaar klip-klop klip-klop.

Toen pas had hij door wat hij precies had gehoord en kon hij zichzelf wel voor het hoofd slaan. Muisstil wachtte hij af.

De ruiter die eerst in volle galop over de weg gestoven had, had vlak bij halt gehouden. Seppe hoorde het paard snuiven. Lange Vinger, laat hem wegrijden, Lange Vinger, laat hem mij niet zien. Lange Vinger, bescherm mij.

De takken rondom begonnen te ritselen, een zwaard sloeg dreigend tegen het struikgewas. De vreemdeling op het paard zou hem niet vriendelijk vragen wat hij hier zat te koekeloeren. Nee, Seppe zou het koude staal van het getrokken zwaard tegen zijn keel voelen en dan... Opeens fladderde de kerkuil met een harde schreeuw van tussen de struiken te voorschijn, het paard steigerde, de ruiter vloekte binnensmonds. Nog even aarzelde de ruiter, maar toen gaf hij zijn paard de sporen. 'Dank je, Lange Vinger', mompelde Seppe en stak zijn rechterwijsvinger omhoog naar de zwarte hemel daarboven.

Ze staan haar op te wachten als ze door het raam naar buiten kruipt. Zo op haar gemak is ze, dat ze de donkere gestaltes niet eens opmerkt, niet eens ziet hoe ze naar haar toe bewegen. Zo zeker van zichzelf is ze, dat ze niet merkt hoe ze ingesloten wordt. Pas als een hand ruw op haar schouder terechtkomt, gilt ze het uit.

'Lowyse Adornes!'

Ze herkent de stem meteen. Daar komt Catharina van Houboke als een wrekende aartsengel, een toorts in haar hand. In het schijnsel van de vlammen ziet Lowyse nu ook Clara staan. Er zijn nog enkele jonge nonnen bij die ze niet kent, maar ook niet Amplunie die wat beschaamd wegkijkt. Clara daarentegen recht de schouders en staart Lowyse brutaal aan.

'Dank je voor je hulp, Clara, je kunt nu gaan', zegt de priores koeltjes en Clara maakt een buiginkje. Ze kan het niet laten nog een spottende blik op Lowyse te werpen.

Heeft het zin om te zeggen wat ze altijd zegt? Ze probeert het toch. 'Ik moest even naar het aisement, eerwaarde zuster, ik begrijp niet...'

'...geen uitvluchten, meisje. Clara heeft je goed in de gaten gehouden: je verdwijnt na bedtijd en komt vaak pas tegen de priem terug. Zelfs van een Adornes kunnen we een dergelijk gedrag niet tolereren. Zeker niet van een Adornes! Mee naar de abdis!'

'Mag ik eerst even...' Lowyse houdt haar hand voor haar kruis en wiebelt heen en weer. 'Nee, je mag niet. Allemaal komedie!'

'Mijn excuses, mevrouw...' Dat is nicht Amplunie. 'Zou het niet beter zijn als ze eerst...'

'Komedie, zeg ik je!'

Haar tong is zweep genoeg. Ze jaagt Lowyse voor zich uit en stuurt de andere nonnen bits weg, behalve Amplunie. 'Hou jij haar bij de arm vast, ik wil niet dat ze ontsnapt.' Lowyse voelt de hand van Amplunie trillen en dat is niet van de kou alleen.

'Ik stel voor dat we nog voor de metten de omgeving laten uitkammen en dan komen we snel genoeg te weten wat ze 's nachts uitvoert. Ik ben er zo goed als zeker van dat er hier een minnaar op haar zit te wachten. Zal ik alle mannen van het domein laten bijeenroepen? Waar is Symoen Arend overigens? Ik loop al jaren te zeggen dat we de bewaking van de leerlingen aan iemand anders moeten toevertrouwen. Die idioot bakt er echt niets van.'

Pieternelle van Aertrycke heeft een diepe frons in haar voorhoofd en het lijkt wel of ze niet echt luistert naar de tirades van de priores.

'We hebben geen enkel bewijs tegen haar, behalve wat dat ene meisje verteld heeft, hoe heet ze ook alweer?'

'Clara, Clara Michiels.'

'Is dat niet het meisje dat vorig jaar ook al iemand ten onrechte beschuldigd heeft? Ze had echt van een molshoop een berg gemaakt. Een andere leerling had iets gezegd over... over wat was het ook alweer?'

Een onbehaaglijke stilte. Lowyse ziet aan de krullende mondhoeken dat nicht Amplunie zich het incident maar al te goed herinnert. En Catharina van Houboke ook, ze klinkt ijzig als ze zegt: 'Over Barbele Bane, zeer eerwaarde moeder. Barbele had mij voor heks uitgescholden.'

'Juist, ja.' Ziet Lowyse nu ook een voorzichtige monkellach op het gezicht van de abdis? Ze brengt in ieder geval even haar hand voor haar mond om haar gelaatsuitdrukking te verbergen.

'De feiten blijven, zeer eerwaarde moeder, Lowyse is betrapt terwijl ze uit het raam klom.'

'Uit het raam, juist. Waarom neem je de deur niet, kind?'

'Het lijkt me veel spannender om door het raam naar buiten te gaan, zeer eerwaarde moeder.'

'Spannender!' De priores staat nu bijna op ontploffen. 'Wat
een brutaliteit! Het is toch niet omdat ze een Adornes is, dat
we haar een hand boven het hoofd moeten houden?'
'Zeker niet', beaamt de abdis meteen.
'Zullen we dan het domein laten uitkammen?'
'Dat is onbegonnen werk, eerwaarde zuster.' Ze richt zich
weer tot Lowyse. 'Wat heb jij hierop te zeggen?'
'Als God liefde is, zeer eerwaarde moeder, laat mij dan gaan.
Om de liefde Gods.'
De abdis verpinkt niet. 'God is niet alleen liefde maar ook
rechtvaardigheid, Lowyse Adornes, en om rechtvaardigheid te
laten geschieden moet ik je vragen vannacht hier in een lege
cel te overnachten. Morgenvroeg spreken we elkaar verder.'
'Mag ik even mijn slaapmuts gaan halen?'
'Vooruit dan maar. Zuster Amplunie zal met je meegaan.'
De priores protesteert uit alle macht: 'U laat haar er wel erg
goedkoop vanaf komen!'
'Dit onderhoud is ten einde. Mag ik u nu weer aan het
silentium herinneren, eerwaarde zuster?'
Katharina van Houboke knijpt haar lippen opeen tot ze blauw
zien. Zonder omkijken marcheert ze naar buiten en slaat met
een daverende klap de zware eikenhouten deur achter zich
dicht.
'Dank God voor het silentium', zegt de abdis met een glimlachje. 'Ze zouden die beter ook in de wereld buiten deze
muren invoeren, er zouden veel minder oorlogen zijn.'

In een van de lage houten werkmanshuisjes, naast de abdij-
poort, worden kaarsen aangestoken. Een bezweet paard
drinkt gulzig van het water uit de slotgracht en schudt zijn
manen.

'Is het nu werkelijk zo dringend?' vraagt de zwarte ruiter bars aan de magere roodharige man die hem een nap bier overhandigt. Hij drinkt met een vies gezicht.gruutbier, slappe kost gebrouwen op het abdijdomein zelf, door een brouwer die heel goed weet hoe vrouwen drank aankunnen: helemaal niet.

'Ik vertrouw het echt niet meer. Die kinderen hangen voortdurend rond die kist als bijen rond een pot honing. Gisteren heb ik ze weer moeten wegjagen. Het is bijna duivels hoe ze mij voor de voeten lopen. En die Lowyse Adornes... ik heb u toch verteld hoe ze geen kik gaf toen ik haar op heterdaad betrapte?'

'Geen probleem, ik vind er wel een andere veilige plek voor. In de lente zal ik de inhoud ervan goed kunnen gebruiken. Vooruit, waar wachten we op?'

'Als u het mij niet kwalijk neemt, heer: het is beter om te wachten tot middernacht, dan zitten de nonnetjes meer dan een uur in de kerk en lopen we geen kans om gehoord of gezien te worden.'

'Hoe lang is dat nog?'

'Nog een paar uur, heer.'

'Goed, maak me op tijd wakker.'

Hij gaat languit op de strozak liggen die Symoen Arend voor zichzelf heeft uitgespreid en begint meteen te snurken.

Terwijl nicht Amplunie hulpeloos in het deurgat van de slaapzaal staat te wachten, stuift Lowyse op het bed van Barbele af. Hoewel niemand een vin verroert, heeft ze het gevoel dat de hele ruimte wakker is. Wat zal er al over haar geroddeld geweest zijn! Ze buigt zich over haar vriendin heen die doodstil ligt, met haar ogen wijdopen, een en al aandacht.

Hele litanieën fluistert ze in haar oor, zo zacht en zo snel ze kan. Barbele luistert en stelt geen vragen. Nicht Amplunie kucht ongeduldig. Dan pakt Lowyse haar nachtmuts en in een impuls graait ze ook het beursje met de ring vanonder haar kussen mee. Ze geeft zich weer over aan haar ongewilde bewaakster.

Nog nooit was een nacht zo eindeloos geweest. Zou Luigi iets overkomen zijn? Kallekin begon onrustig te worden. Ze was de ongemakkelijke schuilplek in de struiken grondig beu. Ook Seppe was het wachten meer dan moe. Die ruiter was een slecht voorteken geweest. Wat nu? Lange Vinger te hulp roepen? Nee, hij had iets sterkers nodig. Hij sloot zijn ogen en dacht aan de door zomerzon overspoelde velden waarin hij en Luigi hadden rondgedold als kinderen. Dat was pas één seizoen geleden en hij voelde zich oud en veranderd, zo veel was er ondertussen gebeurd. Hoe was dat versje ook alweer? Eggeric, slechterik? Luigi's held, hoe heette die? Elegast. Elegast zou hier vast niet hebben zitten klappertanden in kletsnat struikgewas.

Hij maakte het touw los en tikte met Boer Ganzemans' stok op Kallekin's billen. Dat begreep ze meteen. Ze liet zich gewillig uit de struiken manoeuvreren. Waarnaartoe? Dat wist Seppe niet, maar alles was beter dan dat dodelijke wachten.

De gestalte dook op uit het niets, zo plots dat Seppe hem bijna omver had gereden. Een lange zwarte vlek met stokkerige armen en benen. Een levend geworden vogelverschrikker. 'Seppe?' Een scherpe, hoge stem. Aarzelend, alsof hij helemaal niet zeker was. Zo sprak Luigi niet.
Seppe aarzelde nu ook. 'Luigi?'
Het creatuur kwam behoedzaam dichterbij. Die hoed, er was er maar één met zo'n hoed, de muizenhoed van de waard, er was er maar één met zo'n vest, de vieze vest van Lange Vinger.
Opnieuw: 'Seppe?'
Nu was hij er zeker van. Als de weerlicht sprong hij van de bok, met één zwaai had hij zijn beide armen om de

vreemdeling heen geslagen en zijn stok tegen zijn keel geklemd, zodat die geen vin meer kon verroeren.

'Wat heb je met Luigi gedaan? Waar is hij? Spreek op of ik breek je nek!'

'Niet doen, niet doen! Ik ben een vriend! Laat me los...

Langzaam verminderde hij de druk op de keel van zijn tegenstander.

'Ik ben een vriend van Luigi, hij laat je groeten', piepte de vogelverschrikker. 'Hij is verhinderd en wij moeten samen onze opdracht vervullen. Ben je ertoe bereid?'

God wat klonk dat plechtstatig. Hoe kon je zo praten en toch met Luigi bevriend zijn? En waarom droeg die vogel-verschrikker Luigi's kleren?

'Wie ben jij dan wel?'

'Barteld, noem me maar Barteld.'

Hij sprak die naam uit alsof het pas de eerste keer was. Seppe dacht er het zijne van.

'Omdat Luigi het vraagt', gromde hij. 'Jij staat me niets aan.'

De vogelverschrikker klauterde achter hem aan op de kar.

'Rechtdoor, nog maar een klein eindje.'

Ze reden nu vlak langs de slotgracht van het abdijdomein.

'Stop! We moeten hier de gracht over.'

Kallekin protesteerde heftig toen ze weer stopten en Seppe moest haar stevig aan een boom vastbinden om te zorgen dat ze er niet in haar eentje vandoor ging.

'Ze wil naar huis', zei hij nors. Dat wilde hij zelf ook. Met zo'n wildvreemde griezel op stap vond hij maar niets.

Er lag een brede boomstam over de gracht.

'Moeten we daarover?'

'Durf je niet?'

Dat zou Luigi ook gezegd hebben. Seppe stapte stoer als

eerste op de stam. Die wiebelde vervaarlijk. Hij keerde zich half om en zag hoe Barteld zijn voet erop zette en er een flinke duw tegen gaf.

'Hé, wat doe je nu?'

Hij viel bijna, kon zich nog net aan een overhangende tak vastklampen. Hij keerde zich woedend naar Barteld. 'Waarom deed je dat nu? Je deed het met opzet!'

'Omdat je me daarnet zo vriendelijk behandeld hebt, daarom. Als Luigi niet met zoveel lof over je gesproken had, had ik je echt laten verzuipen!'

Daar was het water niet half diep genoeg voor, dacht Seppe. Maar hij zweeg. Luigi vol lof? Hij zou er veel voor geven om heel precies te horen wat hij dan wel gezegd had.

De ander liep voorop, voorzichtig maar zelfverzekerd alsof hij de weg perfect kende. Ze slopen langs het struikgewas tot ze bij een schuurtje kwamen. Barteld opende zonder veel plicht- plegingen het deurtje.

'Er staat een kist, die moeten we meenemen.'

Viel dat even tegen! Loodzwaar en onhandig was het ding, ook al beweerde Barteld dat er bijna niets in zat.

Symoen Arend staat een hele tijd naar zijn landgenoot te kijken, die nu vol vertrouwen een dutje ligt te doen. Zo zeker dat hij niet vermoord en bestolen zal worden, zo zeker dat hij op tijd wakker zal worden en zal doen wat hij moet doen, zonder twijfelen. Symoen wenst dat hij zelf de moed had... een snelle uitval van het mes, die volle rinkelende beurs de zijne maken, wegwezen! Nee, zo werkt het niet. Ook al lijkt hij nog zo diep te slapen, één verkeerde beweging en de zwarte ridder zal boven op hem springen en de rollen omkeren. Als hij al niet meteen in mootjes gehakt zal worden, dan zorgt de ander er vast wel voor dat hij op het marktplein van Brugge gevierendeeld, levend gevild of geradbraakt wordt. Keuze te over. Hij dooft zijn kaars en opent de deur van zijn hut. Er hangt een messcherpe kilte in de lucht, de nacht weegt zwaar en vochtig. Opeens is hij helemaal niet meer zeker van de tijd, hoe lang nog voor de nachtelijke klokken van de abdij gaan luiden? Is het de wind, is het iets anders dat ritselt langs de waterkant? Hij volgt zijn oren, sluipt langs de gracht, zoveel mogelijk beschutting zoekend achter de brede stammen van de eiken.

Nicht Amplunie blijft bezorgd rond Lowyse draaien, terwijl ze zich uitkleedt en op de strozak gaat liggen in de kleine cel. Links en rechts zijn houten schuttingen aangebracht, zodat ze de slapende zusters kan horen maar niet zien. Nicht Amplunie fluistert: 'Het is beter voor je als je de waarheid zegt, kleine Lowyse. De abdis is mild. Je vader hoeft het niet te weten te komen. Als je bang bent...'
'Ik ben niet bang, nicht Amplunie. Maar ik heb wel hulp nodig, heel dringend. Luister naar mij, alsjeblieft.'

'ALS ER BIJNA NIETS IN ZIT, waarom halen we het bijna-niets er dan niet uit en nemen we het zo mee? Dat zal veel minder zwaar wegen.'

'Omdat er zware sloten rond dat bijna-niets zitten, slimmerik, daarom.'

Barteld had duidelijk evenveel moeite met Seppe als Seppe had met hem. Ze waren er zonder kleerscheuren in geslaagd de beek met kist en al over te steken en haastten zich nu naar de wachtende kar.

'Hé, wat doe je! Pas toch op!' De kist kletste pijnlijk hard tegen zijn scheenbeen toen Barteld een bruuske beweging maakte.

'Een schaduw! Daarginds bij de eiken! Hij komt hierheen! Rennen!'

Ze zetten het op een lopen. Barteld struikelde en viel. Hij hielp de jongen overeind en had geen tijd om zich te verwonderen over hoe slank en broos die aanvoelde. Met de ene hand zeulde hij de kist achter zich aan, met de andere sleepte hij Barteld met zich mee.

Hij gooide de kist in de kar en duwde Barteld er achteraan. Seppe verwenste zichzelf dat hij Kallekin zo goed vast-gebonden had: hoe meer hij prutste aan het touw, hoe strakker de knoop werd. Hij hoorde de rennende voetstappen nu ook, en een stem: 'Houd de dieven, houd de dieven!'

Ten einde raad nam hij zijn mes en sneed het koord door. Boer Ganzemans zou vloeken als hij dat mooie stuk touw geruïneerd zag.

'Ju Kallekin, ju!'

De muilezel was maar wat gelukkig er weer vandoor te kunnen en stoof als een pijl uit een boog over de weg. De stem vervaagde, de voetstappen vertraagden. Ze hadden het gehaald!

Barteld was weer op adem gekomen. 'Je mag me meteen weer afzetten', zei hij opeens.

'Hoe bedoel je?'

'Heel simpel. Ik bedoel: stop! Ik stap uit. Ik moet terug.'

'Terug naar waar? Naar die schreeuwende gek? Om gepakt te worden?'

'Ik weet wat ik doe', zei Barteld koeltjes. 'Ik hoop dat jij het ook weet. Je kent Luigi's instructies nog?'

'Natuurlijk!' Hij reageerde vol gekrenkte trots. Geen jongen van zijn leeftijd had hem ooit zo vanuit de hoogte aan-gesproken.

Opeens stak de vogelverschrikker zijn hand naar hem uit. Zo plots dat hij ervan schrok. 'Toch bedankt voor daarstraks, als je me niet had geholpen hadden ze me zeker te pakken gekregen.'

Wat een vreemd wezen, hij kreeg er kop noch staart aan.

Maar toen hij de hand in de zijne nam en voelde hoe slank en mager hij was, moest hij opeens zo hard aan Luigi denken dat het pijn deed.

'Moge God met jou zijn', mompelde hij snel.

'Met jou ook.'

'Enne, als je Luigi zou zien... wil je hem dan zeggen dat ik...'

'Dat je wat?'

Hoorde hij daar een spottend toontje in die stem?

'Groet hem van mij', besloot hij zwakjes.

'Dat zal ik zeker doen!' Barteld sprong van de kar af. 'Saluut en de kost en de wind van achteren!'

De klokken voor de metten klingelen voor de eerste keer.

'Twee haveloze rovertjes met een kar? En daar kon jij niet tegenop?'

'Ze waren te ver, heer. Ik heb gerend en geroepen...en het ongelooflijke was: een van die ventjes had mijn kleren aan! Gestolen uit mijn schuurtje! De brutaliteit van die dieven!'

'Hou op over je oude klodden. Je weet zeker dat het mijn kist was?'

'Zo zeker als ik hier sta.'

'Ik wil het met mijn eigen ogen zien.'

De zwarte ridder spreekt bits en kortaf maar weet zijn woede goed te verbergen. Toch zorgt Symoen Arend ervoor dat hij een paar passen uit de buurt van zijn zwaard en zijn dolk blijft. Hij doet het zijdeurtje van de poort open met de grote sleutel die hij bij zich draagt. De klokken klingelen opnieuw, zachter en korter deze keer. Vanuit de abdijkerk klinken de hoge stemmen van de kloosterzusters.

Ze haasten zich in de richting van de schuur. In tegenovergestelde richting komt plots een jong meisje aangerend. De twee mannen verbergen zich zo goed ze kunnen achter een houtstapel.

'Die is behoorlijk te laat', fluistert de zwarte man.

'Ik herken haar!' sist Symoen Arend 'Dat meisje weer! De vriendin van die Lowyse! Overal kom ik haar tegen! Dat kan geen toeval meer zijn. Ik weet zeker dat ze meer weet. Zal ik haar snel te grazen nemen? Zet ik haar het mes op de keel? We kunnen nog wat spelletjes met haar spelen.' Hij grijnst al bij de gedachte.

De ander negeert hem.

'Toon me de schuur en als het waar is wat je zegt dan moeten we alles op alles zetten om die kereltjes te vinden. Haveloos, zei je? Met een kar? Die kan nooit van henzelf zijn. Wie kan hun opdrachtgever toch wezen? Wie durft zo mijn plannen te dwarsbomen?'

Seppes humeur was onder nul gezakt. Om Brugge binnen te komen met kar en paard was er geen andere weg dan via de stadspoorten en het zou nog uren duren voor die opengingen. Met zo'n opzichtige kist achterop onopgemerkt voorbij de poortwachters komen? Een kist behangen met vergulde sloten en een verkleumde snotneus als voerman? Er zouden vragen kunnen worden gesteld, heel veel vervelende vragen. Luigi had ooit verteld van de kleine smokkelaarsbootjes waarmee je 's nachts voor een paar mijten de stadswallen over kon komen.

Wacht eens even, als hij die kist nu eens openwrikte, de inhoud eruit haalde, de wallen per boot overstak en achteraf Kallekin en de kar kwam ophalen?

Hij hield halt, bond de muilezel stevig vast en bestudeerde de kist. De sloten openbreken zou niet lukken, daar waren ze te zwaar voor. Al dat ijzer! Het zwakke punt was het hout, dat had lang vochtig gestaan en rook al een beetje vermolmd. Hij probeerde een gat te maken, eerst met zijn blote handen, dan met boer Ganzemans' stok, en ten slotte met zijn voeten. Het hout gaf geen krimp.

Rotding! Hij schopte er nog eens tegen, nog eens en nog eens! Het deed deugd, het luchtte op, te schoppen tegen het verdoemde vervelende ellendige ellendige ding! Het houtwerk scheurde open. Hij schreeuwde het uit.

'Lowyse is ziek, eerwaarde zuster.' Na de lauden staat Amplunie de priores handenwringend op te wachten.

'Dat moet ik met mijn eigen ogen zien.'

Catharina van Houboke duwt Amplunie opzij en stuift de ziekenboeg binnen.

Lowyse ligt op haar zij. Ze hoest en houdt een doekje voor

haar mond. Als ze het wegneemt zit er een beetje bloed op.

'God onze Here, 't zal toch geen uitterende ziekte zijn zeker?'

Ze is even haar kluts kwijt. Er zijn er al veel aan die vreselijke longziekte gestorven deze winter. Je kan maar beter niet te dicht in de buurt komen, want voor je 't weet heb je 't zelf ook te pakken.

'Kamfer branden', zegt ze. 'En bidden. Niemand mag de infirmerie binnen, begrepen? Ik wil niet dat het overslaat. Morgenvroeg zien we verder.'

Amplunie blijft een tijdje wachten achter de gesloten deur en doet ze dan weer open om te vergewissen dat de gang leeg is.

'Het spijt me dat ik je pijn gedaan heb.' Lowyse komt overeind uit het bed en dept het sneetje in haar hand. 'Ik voel er niets van. Dank je nicht Amplunie.'

De jonge zuster schudt haar hoofd. 'Ik weet niet wat me bezielt. Liegen, bedriegen! Het bloed kruipt waar het niet gaan kan... als Heer Adornes inderdaad in gevaar is, zoals je zegt... de Goede Vader zal het me vergeven.'

'Dat zal hij vast en zeker, Amplunie, vast en zeker! Je bent een engel!'

Ze is snel, die Lowyse. Vliegensvlug is ze het raam uit. Amplunie kijkt het meisje na tot de duisternis haar helemaal heeft opgeslokt.

ALS EEN RAT IN DE VAL! Seppes voet was door het vermolmde hout heen geschoten en de duivelse kist beet zich nu vast in zijn enkel. Hoe meer hij trok of duwde, hoe dieper de houtsplinters in zijn huid sneden, hoe vaster het ijzeren smeedwerk rond zijn enkel kwam te zitten. Hij moest er even bij gaan liggen, diep naar adem happen en de golven van pijn over zich heen laten gaan. Rustig blijven, Seppe, rustig maar! Zodra hij aan de pijn gewend was geraakt, kwam hij langzaam weer overeind, boog zich voorover en begon met de tanden op elkaar geklemd de stukken hout te verwijderen. Ze kwamen gemakkelijk los, maar nu begon het bloed uit zijn wonden pas goed te stromen. Het droop van zijn handen en hij zocht wanhopig iets om ze aan af te vegen.

Vanuit het gat in de kist gleed iets duns en glads te voorschijn, te glad en dun om een stuk stof te zijn. Het zou hem een zorg wezen wat het precies was, hij grabbelde het beet, veegde zijn handen eraan af en gooide het weg. Er was nog zo'n vel en nog een en nog een, hij peuterde ze allemaal los en drukte ze tegen zijn been. In het ijzer was geen beweging te krijgen maar met de vellen uit de kist kon hij een beschermingslaag rond zijn been leggen zodat het metaal tenminste niet meer schuurde en de wonden nog groter maakte.

Goed gedaan, Seppe, goed gedaan. Even op adem komen en dan een manier vinden om dat ijzerwerk los te krijgen. Kwam er nu maar iemand langs, met z'n tweeën zou het zeker lukken... nee, geen goed idee! Hoe moest hij in hemelsnaam uitleggen wat hij daar zat te doen, bloedend als een half-geslacht varken, met een knoert van een kist om zijn enkel?

Symoen Arend moet zich uit alle macht vastklampen om niet van het paard te vallen, zo snel gaan ze ervandoor. Hij kan er maar één hand voor gebruiken, want in de andere houdt hij een steeds heftiger brandende fakkel. Ze zullen zo van ver te zien zijn, heeft hij geprotesteerd, maar de ander beweerde dat snelheid nu het belangrijkste is en dat ze licht nodig hebben om te zoeken en dus zit hij hier onhandig achterop voor zijn leven te vrezen, bij elke bocht in de weg. Hij heeft veel zin om de ruiter voor hem in de fik te steken. Nee, liever zijn woede koelen op dat brutale meisje dat zo graag voor Eva speelt. De gedachte alleen al maakt hem een stuk rustiger.

Ze rijden in galop richting Brugge. Je zou wel een idioot zijn om die weg te nemen als je op de loop was met gestolen waar, bedenkt Arend. Beter naar Maldegem of zelfs verder vluchten en je daar in de wouden verstopt houden. Hier kun je geen kant uit, met die weidse meersen die zich overal uitstrekken, vochtige graslanden waarin je je rijdier en kar absoluut niet verbergen kan.

Het paard vertraagt, gaat over op een ingewandenschuddende drafpas. Ze zijn nu in de buurt van de stadswallen, je kunt de toortsen van de wachtposten al zien flikkeren. Daar staat waarlijk een kar. Niet een kar, maar dé kar! Zou het nu echt zo gemakkelijk zijn?

De muilezel staat rustig te grazen en kijkt nauwelijks op als de twee mannen van het paard springen. Ze is hier immers op vertrouwd terrein. De zwarte ridder heeft zijn zwaard getrokken. Arend is nu wat blij met de fakkel, die hij als een schild voor zich uit houdt. De kar is leeg. Ook de kist is verdwenen.

'Kom hier, licht eens bij!' Zijn landgenoot strijkt met zijn gehandschoende hand over de vochtige plekken in de kar. 'Ruik eens!'

'Bloed!'

'Hier is onlangs gevochten! En hard gevochten! Is er dan meer dan één kaper op de kust?'

Arend buigt zich voorover en raapt een verfrommeld vel van de bodem. Het plakt.

'Wat heb je daar?'

'Het is één en al bloed', zegt Symoen Arend vol afkeer. Hij wil het vod al weer laten vallen, maar de zwarte ridder grist het uit zijn handen. 'Hier met die toorts!'

Hij vloekt heftig als hij ziet wat het is.

Naast de kar liggen nog meer met bloed doordrenkte vellen.

Symoen waagt het niet om de bloederige dingen op te rapen, maar de ander spietst ze aan zijn zwaard en brengt ze naar zijn gezicht. 'De fatale slag, aan het bloed te zien. En toen? Waarheen zijn ze daarna verdwenen, overwinnaars en overwonnenen?'

'Ze zullen de lijken achter op hun paarden gegooid hebben, heer.'

'We kammen de omgeving uit!'

Met tegenzin waadt Symoen Arend achter zijn opdrachtgever aan door het zompige weidegras. Met zijn zwaard doorprikt de zwarte ridder nu en dan een zielig stuk struik, alsof hij tegen beter weten in hoopt er een onzichtbare vijand achter te vinden.

'Ik wil weten wie hier achter zit.'

'Ik weet een manier, heer. Dat meisje...'

'Begin je nu weer over dat meisje?'

'Ik weet zeker dat ze méér weet. Ik zweer het bij de wonden van Christus, als we haar aan de praat krijgen...'

'Vooruit dan maar. Maar jij doet het helemaal alleen. Mij mag ze niet zien of horen.'

'Natuurlijk niet, heer, vanzelfsprekend, heer, laat het maar aan mij over.'

'Kan je haar wel alleen te pakken krijgen?' vraagt de zwarte ridder nadat ze opgestegen zijn. 'Bewegen zulke meisjes zich niet altijd in kuddes voort, zoals de schapen?'

'Zij niet, heer, zij is anders.' Er klinkt ontzag in Arends stem.

Daar was die vogelverschrikker weer! Seppe geloofde zijn ogen niet. Iedereen, maar niet dat enge creatuurtje! Wat zou Barteld lachen als hij Seppe in die benarde positie zag.

Hij moest roepen, het kon niet anders. Muurvast zat hij, met koffer en al, plat op zijn buik onder de kar. Het was een mirakel dat hij onder de kar had kunnen kruipen, een mirakel dat de booswichten hem niet gezien hadden terwijl ze met een zwaard de bebloede vellen opprikten die van zijn been waren losgeraakt.

'Hé, daar! Hé, daar!'

De bemodderde hozen kwamen dichterbij. De eigenaar ervan boog zich nieuwsgierig voorover.

'Wat lig jij daar te liggen, luilak?'

'Luigi? Ik dacht dat je Barteld was', zei Seppe beduusd.

'Oh! Is Luigi niet goed genoeg meer voor jou?'

'Niet plagen, Luigi, het is het moment niet. Ik ben opgelucht dat jij het bent, geloof me. Die Barteld vond ik echt...'

Luigi schoot in de lach toen hij zag wat er aan de hand was.

'Help me toch! Die ellendige kist zit vast aan mijn enkel en ik zit klem onder de kar!'

'Dat is wat ze noemen een blok aan je been!'

Tijdens de priem heerst er grote consternatie onder de leerlingen. Lowyse is er niet! Ze is uit haar bed gelicht, dat weet iedereen al, maar van het waarom heeft niemand een benul behalve Clara die smalende bekken zit te trekken maar geen woord over haar lippen krijgt alsof het silentium opeens het hoofddoel in haar leven is geworden. Waar is Lowyse? Op secreet geplaatst? Broedt er hier een schandaal waar dat van vrouwe Vinckx bij verbleekt? Of is het dan toch waar wat er gefluisterd wordt, dat ze plots ziek is geworden, heel erg ziek?

'Ik ga naar de infirmerie', Barbeles besluit staat vast.

'Ik ga mee.'

'Jij niet, Walburgis. Ga slapen. Als Lowyse echt ziek is, is een van ons ruim voldoende.'

Maar ze gelooft het niet, niet echt. Alles, behalve ziek. Ook al valt ze om van de slaap, Barbele moet en zal te weten komen wat er aan de hand is.

Terwijl iedereen zich als de bliksem haast om terug in bed te duiken om nog een paar uurtjes te dommelen voor ze alweer aan de terts en de dagelijkse mis toe zijn, glipt Barbele ongemerkt weg naar de ziekenboeg die helemaal aan de uithoek van het domein ligt.

Zuster Amplunie zal haar vast en zeker binnenlaten. Zo'n zachte, lieve vrouw, die nicht van Lowyse, daar heeft ze alle vertrouwen in.

'Wat zeg je daar, Seppe?'

'Die ene, die rosse moordenaar, hij schreeuwde dat ze een meisje zouden gaan pakken en haar eens flink op de rooster leggen. Wat een opluchting dat je veilig bij mij bent.'

Luigi had Seppe van onder de kar vandaan geholpen, zijn voet uit de kist bevrijd en was nu bezig zijn enkel te verbinden met zijn eigen hemd. Ondanks Seppes protest had zijn vriend zich omgedraaid, zijn hemd uitgetrokken en snel zijn jak over zijn blote lijf dichtgeknoopt.

De vellen had hij zorgvuldig van Seppes been geplukt. Het bloed scheen hem niet te deren. De andere vellen papier die nog in de kist zaten, waren zo goed als onbeschadigd. Daarna had Luigi de grond zorgvuldig afgezocht of hij er niet eentje over het hoofd gezien had. Er begon Seppe langzaam iets te dagen: vellen papier met kostbare informatie op...

'Als ik geweten had wat het was...'

'Dan had je er je voeten niet mee afgeveegd?'

'Waarom moest je ook zo geheimzinnig doen? Je had me alles best op voorhand kunnen vertellen!'

'Het spijt me, Seppe. Zonder jou...'

'Zonder mij bestond je niet eens!'

'Bedankt voor je hulp. Je hebt me hoe dan ook een enorme dienst bewezen.'

Wat klonk dat plechtig. Hij hield er niet van om zijn vriend zo te horen spreken. Zulke woorden smaakten naar afscheid.

'Hier, hou jij ze allemaal bij je? Ja, ook die bebloede papieren, die stop je maar onder je jak, en de rest helemaal onder je hemd. Bewaak ze met je leven. Je geeft ze aan niemand anders dan Magelaes, begrepen? Kan je lopen?'

'Ja hoor.'

Zijn been zinderde van de pijn toen hij opstond.

'Luister, ik moet dat meisje gaan redden. Ik neem de kar. Elke seconde telt. Als ik te laat ben... Jij brengt het manuscript weg... Er is een smokkelaarsbootje, hoor je me?'

'Welk meisje? Ik dacht dat jij...'

'Een ander meisje! Ik moet terug, naar waar jij die kist vandaan hebt gehaald.'

'Ga je die zwarte ridder en zijn duivelse maat achterna? Ze maken appelmoes van je! Jij bent degene die gevaar loopt, Luigi!'

'Ik moet terug, ik moet!'

Hij laat haar dichterbij komen, zijn prooi, zijn lekker hapje, zijn Eva. Zijn vingers jeuken van plezier. Dan loopt ze langs de boom waarachter hij zich verborgen heeft, hij springt te voorschijn, grijpt haar vast en sleurt haar het struikgewas in, terwijl hij zijn hand hard tegen haar mond drukt, zodat ze niet aan het gillen slaat.

Nu moet hij tonen wat hij waard is. Niet alleen snel en efficiënt alle waardevolle informatie uit haar halen om indruk te maken op zijn opdrachtgever, maar vooral: er ook nog wat plezier aan beleven.

Ze schudt heftig met haar hoofd en probeert haar mond open te krijgen om hem in zijn hand te bijten.

'Hou je kalm, wilde kat! Ik heb alleen wat inlichtingen van je nodig. Over een kist. Als je meewerkt, gebeurt er niets. Maar anders...'

Zijn vinger glijdt over haar keel, en zijn nagel maakt een trage, nadrukkelijk rode kras in haar bleke huid.

Zes uur in de ochtend. De klokken van Brugge luidden met veel poeha de laatste dag van het jaar 1469 in. Hoewel het nog stikdonker was, gingen de stadspoorten weer open. De jongen met de strohoed stond als versteend. Laat! Te laat! Zijn hart galoppeerde als een op hol geslagen paard. De bootjes hielden op met varen zodra de stadspoorten weer open gingen. Hoe moest het verder? Hoe kreeg Seppe die documenten ooit ongezien bij Magelaes? Moest hij toch met hem meegaan? Maar het meisje dan? Hij was ooit al te laat gekomen!

'Ga nu', fluisterde hij zijn vriend in het oor. 'Ik zeg je hier vaarwel.'

'Is dit het einde?'

'Misschien wel.'

'De vloek?'

'Een andere vloek. Er is weinig hoop dat ik hiervan ooit terugkeer.'

Hij haalde een koordje met een minuscuul leren beursje eraan vast van zijn hals en hij hing het om die van zijn vriend.

'Als Magelaes mocht twijfelen aan je goede bedoelingen, geef hem dit. Dan zal hij weten wie ik ben.'

Ze blijft maar tegensparteelen. Hij durft zijn hand niet van haar mond te halen. Hoe krijgt hij haar gekalmeerd? Het mag niet te lang duren of Boyd zou zijn geduld verliezen, en daar zou hij dan staan, zonder buit en zonder beschermheer en bovendien zijn mooie baantje aan de abdij kwijt als hij dat kind niet het zwijgen kan opleggen.

Opeens heeft hij een idee. Een wilde gok, maar het proberen waard.

'Je wilt toch niet dat je beste vriendin iets overkomt? Nee toch? Dan moet je spreken, en snel een beetje.'

Het effect is veel groter dan hij gedacht had. Ze valt helemaal stil. Hij neemt behoedzaam zijn hand weg.

'Lowyse? Wat heb je met Lowyse...'

Mmm, dit gaat veel beter dan verwacht. 'Als je de waarheid spreekt, zal er niets met haar gebeuren...' Hij drukt haar zo dicht tegen zich aan dat ze naar adem moet snakken. 'Fluister het maar in mijn oor, dan is je vriendin veilig.'

Ze probeert zich los te worstelen, maar hij klemt haar steeds steviger vast.

'Daar hou ik wel van, zo'n brok levenslust als jij. Maar eerst moet je me een verhaaltje vertellen. Over die kist, weet je wel, die kist die nu verdwenen is...'

'Veel te laat om nog over te varen!'
De potige smokkelaar week geen haar, ook niet toen Seppe hem een handvol koperen munten toestopte.
'Ik doe het niet, zeg ik je, nog voor geen honderd groten!'
Seppe kon niet meer. De pijn in zijn been was ondraaglijk geworden. Hij moest en zou die boot op!
Spottend staarde de man naar Seppes gewonde been.
'Waarom loop je niet gewoon via de poorten de stad binnen?'
Eén duwtje en de jongen viel al languit neer op de oever.
'Maak dat je wegkomt!'
Wat was dat? Zijn hand voelde plakkerig aan. Hij voelde met de vinger van zijn andere hand. Bloed? De jak van de jongen was opengevallen. Zag hij daar een vochtige, donkere plek? Straks viel dat kind dood aan zijn voeten, dat zou pas een grap zijn. Hij boog zich voorover om de wond op de borst van de jongen te inspecteren.
Seppe voelde de dreigende schaduw van de man boven zich. Dit was zijn einde. Straks steelt die zeerover de papieren! Lange Vinger, dacht hij. Red me! Nee, hij mocht niet egoïstisch zijn. Red het manuscript! Zorg dat het veilig is...
'Varen, kapitein!'
De smokkelaar keek op en deed een stapje achteruit.
'Ben jij het, muizenkopje?' Zijn stem veranderde van toon toen hij de jongen met de strohoed voor zich zag staan. Eén keer had hij het knaapje zonder te betalen laten meevaren met de belofte daar rijkelijk voor vergoed te worden en dat was ook gebeurd. Sindsdien was het spitsmuisje een van zijn gulste klanten.
'Hoort dit bloederige scharminkel jou toe?'
Luigi hielp Seppe overeind en knoopte zijn jak stevig dicht.
'Wat doe jij hier?'

'Ik heb me bedacht.'

'Dat is goed, dat is wat Lange Vinger...'

'Je ijlt, Seppe! Er is helemaal niets goeds aan. Het meisje...'

'Lange Vinger zal dat meisje wel beschermen.'

'Zwijg erover! Ik moest kiezen en ik heb gekozen.'

Hij hielp Seppe het sloepje in.

'Geef mijn vriend een slok van je brandewijn, kapitein. Hij kan het gebruiken.'

'Ik waag mijn leven voor jou, muizenkopje!'

'Hoe ernstig is het, zuster Amplunie?'

'Ik weet het nog niet, zeer eerwaarde moeder. Ze is nu ingedommeld en slaapt rustig.'

'Een vreemde zaak.' De abdis staat op. 'Beter dat ik zelf even poolshoogte kom nemen.' Ze loopt door de pandgang in de richting van de infirmerie.

Amplunie hapt naar adem. 'Zeer eerwaarde moeder?' Ze holt achter haar aan.

'Met mijn excuses voor mijn onvergeeflijke brutaliteit, zeer eerwaarde moeder, maar zou u haar niet laten slapen? De rust zal haar goed doen. Als we haar nu storen, kan het haar toestand weer verergeren. Ik zal bij haar zitten en bidden. Slaap en gebed doet wonderen, zeggen ze altijd.'

De abdis houdt halt en kijkt de ziekenzuster lang aan.

'Ik zal wachten tot na de ochtendmis', geeft ze ten slotte toe. 'Hoe dan ook moet Heer Adornes gewaarschuwd worden. Zodra het licht is, stuur ik een van de mannen erheen, misschien is het het best om Symoen Arend te sturen, die kent de weg. Ik laat hem roepen.'

Een zucht van opluchting. 'Dank u, zeer eerwaarde moeder, mijn meest nederige dank.'

Zuster Amplunie haast zich naar de ziekenboeg als naar een trouwfeest. De abdis kijkt haar met een diepe frons tussen de wenkbrauwen na.

MAGELAES HAD ENKELE KAARSEN AANGESTOKEN. Hij
droeg zijn nachtmuts nog en de combinatie met de lange jurk
die hij snel had aangetrokken toen er op de deur gebonsd
werd, gaf hem de aanblik van een verwilderde, dikke matrone.
Hij bekeek het pak papier dat Seppe hem onder de neus
geduwd had. Ondanks de bloederige aanblik die de jongen
bood, was er geen spoor van wantrouwen op het gezicht van
de Portugese koopman te lezen, eerder van opluchting.
Magelaes bladerde en las. Het was lange tijd stil, heel stil.
'Besef je wat je me gegeven hebt?' De koopman keek eindelijk
op. 'De notulen van het gesprek dat Adornes, de Schotse
Koning James én gezanten van de Franse koning vorig jaar
voerden tijdens de onderhandelingen over een nieuw
handelsakkoord. Iemand heeft het raadzaam gevonden om
alles te laten opschrijven wat er gezegd werd. Ik kan wel raden
waarom: er worden onprettige dingen in verteld over Hertog
Karel, en namen genoemd, veel namen. Over een mogelijke
samenwerking met Frankrijk tegen de hertog om zo de stad
Brugge meer macht te geven en wie daaraan zou willen
meewerken. Als Hertog Karel dit ooit in handen krijgt...'
Hij bladerde nog even verder, las hier en daar een zin, stond
toen op, het pak papier in zijn handen. Met een snel gebaar
gooide hij het manuscript in het haardvuur.
Seppe sprong ontsteld op. 'Wat doet u nu, heer?'
'De toekomst van Anselm Adornes veilig stellen, jongen.
Ook ik kan er niet voor zorgen dat dit manuscript nooit in
verkeerde handen terechtkomt.'
Hij pookte in het vuur, waarin de laatste stukjes papier in
zwartgeblakerde flarden naar de schoorsteen werden
gezogen. 'Brandt heel wat sneller dan perkament', knikte
de koopman tevreden.

Seppe begreep het. Nu haalde hij ook de gescheurde, bloederige vellen te voorschijn die hij had achter gehouden. 'Zo zijn er enkele verloren gegaan', bekende hij. 'Het spijt me, heer. Luigi heeft deze nog kunnen redden, maar niet allemaal.'

Hij sloeg zijn hand voor de mond toen hij besefte dat hij de naam van zijn vriend genoemd had, maar tot zijn opluchting reageerde Magelaes er niet op.

'Deze papieren zijn totaal onleesbaar. Niemand kan er nog iets mee aanvangen. En de andere die verloren gegaan zijn, waren die ook zo bebloed?'

'Ik heb er mijn been mee verbonden, heer.'

Magelaes grinnikte. 'Dan zijn ze onbruikbaar, daar kan je van op aan. Papier is tegen niet veel bestand. Als het nu perkament geweest was...'

De dikke man boog zich voorover, haalde Luigi's hemd van Seppes been en floot tussen de tanden.

'Welke heldhaftige gevechten heb jij moeten leveren, jongen? Als je je been niet wil verliezen, dan zullen we hier toch dringend iets aan moeten doen.'

'Afhakken, heer? Moet mijn voet eraf?' Hij sprak luid en duidelijk in de hoop dat Luigi die zich achter het vensterraam verstopt had, hem goed zou horen.

'Waar is ze, waar is ze, vraag ik je! Wat heb je met haar gedaan?'

'Jij eerst en dan ik weer. Ik beantwoord al je vragen als je me zegt wat je over die kist weet.'

God in de hemel, wat is dat kind koppig. Zo komt hij geen stap vooruit.

'Ik zal je een beetje op weg helpen. Die twee kereltjes die ermee vandoor gingen, zijn dat vriendjes van jou? Een van die diefjes liep zowaar in mijn kleren rond. Zulke straathonden, niet meteen van jouw niveau, hè?'

Hij houdt haar van zich af. Wat is ze mooi! Met die furies van ogen en die lange krullen, helemaal in de war. Het zou jammer zijn om zo'n mooi poppetje te moeten schenden. 'Waarom wil jij dat allemaal weten, Symoen Arend? Wat heb jij ermee te winnen?'

Nee maar, ze begint al wat te ontdooien. Nu kan er gepraat worden, en wie weet wat nog meer!

'Ikzelf helemaal niets, maar er zijn van die heel hoge heren die mensen zoals jij en ik hun vuile karweitjes laten opknappen, je kent dat wel, waar of niet? Ik wil wedden dat die weledel-geboren Lowyse je ook al vieze klusjes heeft laten opknappen waaraan ze zelf haar handjes niet wilde vuil maken.'

De spijker op de kop! Ze knikt, laat haar hoofd hangen.

'En jouw baas, wie is hij?' Hoort hij tranen in haar stem?

'Een groot en belangrijk man, je zou het niet geloven als ik het je vertel, je zou het echt niet geloven...'

'Mag ik het weten?'

'Ga je dan lief zijn voor mij, mijn Evaatje? Heel erg lief?'

Ze staart met grote bange ogen langs hem heen.

Seppe kreeg geen antwoord op zijn heldhaftige vraag. In plaats daarvan haalde Magelaes een teil water en begon de wonden schoon te maken. Uit de kruidenkast nam hij een bokaal met een dikke witte zalf. 'Een pasta van heidens wondkruid', zei hij. 'Een zeeman moet nu eenmaal van alle markten thuis zijn.'

Toen hij Seppes wonden ingesmeerd en met doeken omzwachteld had, haalde hij een dik geweven hemd uit de linnenkast. Dat zag er nog als nieuw uit.

'Voor je vriendje, die Luigi, of hoe heet hij ook alweer?'

Seppe bloosde en schudde het hoofd. 'Zo'n kostbaar geschenk, dat kan ik niet aanvaarden, heer.'

'Je vriend zal vast wel een nieuw hemd kunnen gebruiken nu hij het zijne als verband voor je been heeft gebruikt.' Hij knikte naar het met bloed doordrenkte vod op de grond. 'Of als je Luigi liever laat binnenkomen? Dan geef ik het hem zelf.'

'Hoe weet u dat hij...'

Magelaes glimlachte. 'Ik weet niets. Jij verraadt jezelf met je antwoorden, jongen.'

Seppe haalde diep adem. Hij kon Luigi's angst en onrust voelen knetteren achter de dunne muur die hen van elkaar scheidde. 'Dank u heer. Ik dank u in Luigi's naam. Maar ik moet nu gaan, de tijd dringt.'

De koopman drukte hem het hemd in de hand. 'Zeg tegen Luigi dat ik het ben die hèm dankbaar moet zijn.'

Een zwartgehandschoende hand achter Symoen Arends rug, een blinkend lemmet, een zachte plop als het mes vlees raakt, een korte, verbaasde kreet.

In een oogwenk is het voorbij. Haar belager ligt dood aan haar voeten.

'Jonkvrouw! Bent u ongedeerd?'
Achter de reddende zwarte engel komt kleine Walburgis te voorschijn, haar handjes in haar zij. 'Dank u, heer ridder', alsof ze het zelf allemaal mooi geregeld heeft.

'DOE HET DAN! Trek dat hemd van Magelaes aan. Die blote armen zijn echt geen gezicht.'

Er stak een gure noordenwind op toen ze langs de vesten naar de Kruispoort liepen maar Luigi schudde koppig het hoofd.

'Ik heb geen tijd voor onbenulligheden, begrijp je dat dan niet? Ik moet zo snel mogelijk terug!'

Seppe voelde zich stukken beter na zijn ontmoeting met de koopman die hem zo vol eerbied behandeld had. Hij had zijn missie met succes volbracht. Zijn been deed maar half zoveel pijn meer. Licht in zijn hoofd, dat was hij wel. Licht maar helder.

'Heb je jezelf al eens goed bekeken? Je wilt toch niet opgepakt worden voor zedenschennis? Als we op een kolfdrager botsen...'

'Waar dan? Ik kan niet midden op straat...'

Seppe grinnikte. Hij trok zijn vriend mee het diepe portiek van een windmolen in. Daar stonden ze beschut voor de kou en ongewenste blikken.

'Haast je, voor de molenaar komt!'

Luigi schoof in het duisterste hoekje en knoopte met zijn rug naar Seppe toe de koordjes van zijn jak los.

'Ben je aan het kijken?' Klonk het plagerig? Bang? Allebei tegelijk?

'Draai je eens om', vroeg Seppe opeens. Zijn stem kraste.

'Waarom zou ik?'

'Draai je om, Luigi.'

'Als je 't me vriendelijk vraagt. Zeg: alsjeblieft.'

'Alsjeblieft?'

Langzaam, heel langzaam keerde Luigi zich naar Seppe toe, terwijl hij de handen van voor zijn borstkas liet wegglijden tot ze langs zijn zij hingen. Seppe staarde met open mond.

'Amaai! Wat heb je...'

'Niets zeggen, Seppe, niets zeggen.'

Seppe nam het schone hemd van Magelaes en legde het zacht over Luigi's schouders. Vervolgens drukte hij zich stuntelig tegen zijn vriend aan.

Luigi legde zijn armen om hem heen. Zo bleven ze even roerloos staan.

'Luigi, Luigi, ik zou het zo graag anders willen...'

'Wat zou je willen?'

'Dat je met me meekomt. Dat we hier weggaan, voorgoed, inschepen op een koopvaardijschip naar Genua. Daar kunnen we eindelijk onszelf zijn. Zijn wie we willen, niemand kent ons, niemand zal het weten. Jij en ik, ik en jij, Luigi. Kom mee naar Genua en trouw daar met mij.'

'Zeker en vast niet.'

Het antwoord verbaasde Seppe niet. Hij had niets anders dan een 'nee' verwacht.

'Herinner je je dat vlindertje nog, Luigi? Die onrustvlinder? Ik heb hem doodgeslagen.'

'Niet waar, je hebt hem laten vliegen. Ik heb je tegengehouden.'

'Toen wel.'

Kallekin stond hen vlak buiten de Kruispoort op te wachten. De muilezel had gezelschap gekregen van een oude man die haar bij de leidsels vasthield. 'Is dat jullie beest? Ik was net van plan om haar naar de poortwachters te brengen. Wie laat nu zijn muilezel en kar zomaar alleen?'

'We moesten even een boodschap doen', zei Seppe snel. 'Bedankt om op haar te passen. Kom, Kallekin!'

'Bedankt, bedankt! De jeugd van tegenwoordig heeft geen verantwoordelijkheidsgevoel meer.' Mopperend slofte hij weg.

'Hier scheiden onze wegen.'

Daar was die plechtstatige stem weer. Seppe wilde het niet horen, hij wilde het niet weten. Alles was goed om de tijd nu te doen stilstaan, alles! Plots herinnerde hij zich het beursje dat Luigi rond zijn hals had gehangen.

'Hier, dit krijg je terug. Ik heb het niet nodig gehad.'

'Je mag het houden. Als je toch zou beslissen naar Genua terug te keren, kan je hiervan de overtocht betalen en heb je nog ruim genoeg over om je eigen taveerne te beginnen.'

'Ik ga niet naar Genua. Niet zonder jou.'

'Ben je niet nieuwsgierig naar wat erin zit?'

'Ik blijf, zeg ik je.'

'Goed zo. Luigi blijft ook.'

Seppe verschoot van kleur. 'Hoe bedoel je, blijven? Voor altijd, bij mij?' Hij kon zijn oren niet geloven.

'Als Luigi de kans krijgt, keert hij naar je terug. Beloofd.'

'En de vloek dan?'

'Als Luigi dit overleeft, heeft hij elke vloek overwonnen.'

'Ik vraag Lange Vinger je te beschermen.'

'Ik geloof niet in dat Lange Vinger-gedoe.'

'Dat komt omdat je het niet met je eigen ogen gezien hebt. Hij bewoog, hij lag in het mandje en bewoog. Dankzij Lange Vinger...'

Luigi hapte niet toe. Hij stak zijn tong naar hem uit. Zijn vertrek was onvermijdelijk.

'Lange tong', zei Seppe. Hij gaf het op.

De geheimzinnige Luigi vertrok zonder veel omhaal, recht door de velden, onversaagd het gevaar tegemoet.

'Tot...?'

'Tot gauw.'

'Tot gauw.'

Diep verborgen in de holle wilg in een uithoek van het uitgestrekte domein van Sint-Trudo doet een grote zwarte eekhoorn zijn winterslaap, ingegraven tussen zijn kostbare nootjes. Boven hem ligt een dichte, warme deken van kleren. Een hand neemt ze weg, legt er andere voor in de plaats en drukt ze nog eens stevig aan. De eekhoorn draait zich om en slaapt verder.

'Ze daagde hem voortdurend uit', fluistert Clara. 'Herinner je je nog hoe ze elke avond voor het open raam van de dormter... Dat komt ervan, verdiende loon!'
'Hoe kan je zoiets zeggen?! Hij wilde haar vermoorden, ik heb het toch wel gezien zeker? Als die zwarte ridder er niet geweest was...' Walburgis is een en al furie. 'Boyd heet hij, Thomas Boyd en hij was de booswicht allang op het spoor, dat heeft hij mij zelf verteld. En dat ik een heldin was om mijn vriendin zo achterna te gaan en te beschermen. Wie weet wat er anders gebeurd zou zijn.'
Het hele klooster is een en al consternatie. Van silentium is geen sprake meer en ook het ochtendgebed wordt vergeten, want zelfs de zuster klokkenluidster heeft haar plicht verzaakt. De priester die daarna de ochtendmis moest leiden, komt de kerk uit en voegt zich bij de druk palaverende nonnen. In het centrum van de belangstelling staat de triomfantelijke Thomas Boyd. Als hij gedurfd had, zou hij in een overwinningspose zijn voet boven op het lijk van Symoen Arend hebben gezet. Domme Symoen Arend. Je meester verraden om indruk te maken op een meisje en denken dat je ermee weg zou komen!
In de commotie ziet niemand de kleine gestalte die vanuit de laatste schaduwen van de nacht toekijkt op de dode op de grond en het snikkende meisje in de kring van bezorgde

nonnen aandachtig bestudeert. Even later is het figuurtje
weer in de schemering verdwenen.

De abdis en de priores doen een poging om het tumult in goede
banen te leiden. Zuster Amplunie krijgt Barbele mee naar de
ziekenboeg, en alle loslopende nonnetjes en leerlingen worden
samen met de priester de kerk in gejaagd. Een boodschapper
wordt erop uitgestuurd om de schout te halen, 'en waarschuw
Heer Adornes', voegt de abdis eraan toe, 'God in de hemel, in al
die drukte was ik bijna Lowyse vergeten!'

Aan de deur van de infirmerie houdt zuster Amplunie de
wacht. 'Barbele mankeerde niets, zeer eerwaarde moeder. Ze
was alleen overstuur. Ik heb haar nu naar de kerk gestuurd.
Lowyse ligt in bed.'
Ze vertelt er niet bij hoe ze beide meisjes snikkend in elkaars
armen heeft zien vallen, hoe ze elkaar bedolven onder een
woordenstroom, lachend en huilend tegelijk.
'Hoe gaat het met onze zieke?'
Amplunie doet met een buiging de deur voor de abdis open.
'Kijkt u zelf maar, zeer eerwaarde moeder.'
De weledelgeboren Ludovica Adornes ligt zwaar ademend
verstopt onder de deken. De abdis trekt hem wat opzij, zodat
ze haar gezicht kan zien.
'Ze heeft een gezond kleurtje', fluistert ze verbaasd. 'Hoest ze
nog?'
'Niet meer, zeer eerwaarde moeder.'
'Een mirakel, dat mag je wel zeggen.' De abdis schudt het
hoofd.
'Gebeden en een goede nachtrust kunnen wonderen doen, dat
hebt u toch zelf gezegd, zeer eerwaarde moeder? We hebben
veel om God voor te danken vanmorgen.'

HET IJSKOUDE BRONWATER deed Seppes bloed sneller stromen en zijn hart harder slaan. Nu pas voelde hij wat een reuzenhonger hij had. Duizelig kwam hij overeind. Er waren vlekjes voor zijn ogen, vlekjes die op en neer dansten als de onrustvlinders in zijn hart. Hij probeerde ze niet langer te vangen. Hij dacht aan Luigi, ploeterend door zompige velden. Hij dacht aan Luigi met een vlammend zwaard in zijn hand. Alles zou goed komen. Dat had Lange Vinger hem toegefluisterd.

Anselm Adornes komt voorzichtig de ziekenzaal binnen en schuift naast zijn geliefde dochter op het bed. Ze ademt rustig en gelijkmatig en als hij zijn lippen tegen haar voorhoofd legt, voelt hij dat ze het wel warm heeft, maar niet koortsig is. Buiten hoort hij de luide stemmen van de schout en Thomas Boyd die over de dood van Symoen Arend aan het keuvelen zijn. Een kleine garnaal, geen haan heeft er het kraaien naar. Een vreemd incident, dat wel. Vooral de betrokkenheid van Boyd in het hele verhaal verontrust hem. Zou deze abdij dan toch helemaal geen veilig onderkomen zijn voor zijn meest geliefde dochter? Hij neemt plots een besluit: hij zal haar vertellen dat ze terug naar huis mag keren. Het huwelijksaanzoek met Jehan staat nog steeds open, heeft Lodewijk van Gruuthuse met aandrang gezegd. Hij zou het erop wagen. Als hij aan haar peetvader en toekomstige schoonvader nu eens zou vragen een oogje in het zeil te houden tijdens zijn reis...
'Vader?'
Ze heeft haar ogen open en kijkt hem aan. Haar grootste wens is waarheid geworden. Vader komt haar terughalen. Clara zou barsten van jaloezie.
Hij neemt haar hand.
'Mijn dierbare Wieske.'

'Ik heb haar heelhuids teruggebracht zoals je ziet, Boer Ganzemans.'

'Mijn Kallekin, mijn engeltje.' Boer Ganzemans slaat zijn armen om de kop van de muilezel. 'Ik heb je gemist. Hebben ze goed voor je gezorgd?'

'Wat zie jij eruit!' Mie Mossel staat Seppe gade te slaan voor de open deur van het kroegje. 'Heeft je liefje je wat te hard aangepakt?' En ze geeft hem lachend een fikse tik op de billen.

Eindelijk laat de schout Thomas Boyd gaan, met een schouderklopje en een knipoogje, goed gedaan, weer een schobbejak minder! De zwarte ridder geeft zijn paard de sporen en stuift ervandoor, richting Antwerpen. Hij heeft genoeg van die bemoeizuchtige Bruggelingen. Zodra hij het woud bereikt heeft, houdt hij halt en haalt de vellen papier te voorschijn die hij de vorige nacht te pakken heeft kunnen krijgen. Maar het is zoals hij gevreesd had: ze zijn niet meer te redden. Doordrenkt van het bloed vallen ze in flarden uiteen in zijn handen. Hij vervloekt de scriptor die voor papier in plaats van perkament gekozen heeft. Veel zou hij ervoor over hebben om te weten te komen wie de spionnen zijn die hierom een gevecht op leven en dood geleverd hebben. Nu kan hij alleen maar hopen dat het manuscript in de handen van vijanden van Adornes gevallen is. En is het niet zo: ach wat, geen ramp. Het was een prettig vooruitzicht geweest om die slijmerd van een Adornes tijdens zijn audiëntie bij Hertog Karel in discrediet te brengen en zo zijn eigen terugkeer naar Schotland te verzekeren. Maar terugkeren zal hij, hoe dan ook!

Luigi keert terug, dacht Seppe met een glimlach terwijl hij naar huis hinkte, naar de Verversdijk waar hem een bezorgde moeder en een fikse oorvijg te wachten stond. Luigi blijft bij mij!

Anselm Adornes is uitgepraat en kijkt vol verwachting hoe zijn dochter op het goede nieuws reageert. Tot zijn verbazing slaat Lowyse haar ogen neer.

'Wat scheelt er, mijn Wieske?'

Ze schudt zacht het hoofd.

'Ik dacht dat je blij zou zijn?'

'Ik ben ook blij, heer, blij en dankbaar. Maar...'

'Spreek! Je bent toch niet bang van je vader?'

Ze kijkt naar hem op met tranen in de ogen. 'Uw wil is wet, heer.'

'Mijn wil is dat je zegt wat er met je aan de hand is', zegt hij op strenge toon.

'Het spijt me, heer, het is mijn wens hier in het klooster te blijven.'

'Hier blijven? Waarom? Je wilde eerst niet...'

Ze zoekt naar een verklaring die haar vader zou kunnen aanvaarden. 'Het is hier... veilig. Dit is een veilige weg voor mij.'

'Dat is waar.' Haar woorden raken hem. Hij twijfelt: misschien is het geen goed idee om op zijn oorspronkelijke besluit terug te komen?

Toch dringt hij nog een laatste keer aan: 'Als ik terugkom uit Jeruzalem is het te laat, Wieske. Je peetvader zal een nieuwe huwelijkskandidate willen zoeken.'

Lowyse kijkt hem nu recht in het gezicht.

'Dit is mijn weg, heer, de weg die God voor mij bereid heeft.'

Vader Anselm knikt. Hij strijkt haar over het hoofd, zodat haar kapje scheef komt te zitten.

'Het gaat je goed, mijn dochter.'

De huid van een pasgeboren lammetje, zorgvuldig geweekt, geschraapt en gepolijst tot het de juiste textuur heeft. Dit is perkament van de beste kwaliteit, zacht en dun en fluwelig, waardig om het Woord te ontvangen. Het Woord dat werkelijkheid wordt door de ganzenveren pen te dopen in ijzergallusinkt uit de exquise galnoten van de Levant, gedrenkt in koele witte wijn en vermengd met groen vitriool uit Spanje en een snufje Arabische gom van de Egyptische acaciaboom om een zwarte inkt te worden die de eeuwen kan trotseren. Het Woord dat levend wordt in het mooiste ultramarine gewonnen uit lapis lazuli, het blauwe goud van het verste oosten. Het Woord in het vurigste drakenbloed geschreven, in het groen van de machtige malachiet, in het geel van geurige saffraan, wondere en dure inkten, zorgvuldig geprepareerd en bewaard, om eerbiedig te gebruiken, op de huid van het Lam, het Lam dat stierf voor het Woord, en het Woord eeuwig en een dag zou dragen zodat het na honderden jaren nog niets van Zijn luister zou hebben verloren.

De Eeuwigheid rust in Lowyses hand terwijl ze schrijft, met soepele, losse pols zoals Josina haar heeft geleerd, zodat de woorden moeiteloos uit haar vingers lijken te stromen. In haar linkerhand houdt ze het mes vast waarmee ze het gladde perkament op zijn plaats houdt op de schuine schrijftafel, het mes waarmee ze snel een fout kan uitwissen of haar pen kan bijsnijden, het mes waarmee ze zich meer mans voelt dan ooit. Ze doopt haar pen in de inkthoorn en snuift de geur op van exotische landen, van voorbije eeuwen. Maar ook van die verre, ongelooflijke toekomst waarin historici zich over haar sierlijke, gelijkmatige handschrift zullen buigen in verwondering en bewondering en zich zullen afvragen wie ze was en hoe ze leefde.

Een stukje geschiedenis

In 1469 maakte Vlaanderen samen met Holland en Zeeland deel uit van het Groot-Bourgondische rijk. Dit hertogdom was tot in de veertiende eeuw deel van het Franse koninkrijk geweest. Onder het bewind van Filips De Goede (1396-1467) was het echter uitgegroeid tot een onafhankelijke welvarende staat met een goed uitgebouwd leger. Na zijn overlijden kwam zijn zoon Karel de Stoute (1433-1477) aan de macht. Die wilde Bourgondië nog meer uitbreiden en er een koninkrijk van maken. Hij was dan ook voortdurend in oorlog met Frankrijk. Hij stierf tijdens een van zijn oorlogscampagnes en zo kwam er een einde aan zijn machtspositie. Hij werd opgevolgd door zijn dochter Maria (1457-1482) die heel wat gebieden aan Frankrijk moest afstaan. Maria trouwde in 1477 met Maximiliaan van Oostenrijk. Vanaf dan spreekt men van de Bourgondische of Oostenrijkse Nederlanden.

Mensen van vlees en bloed

Lowyse Adornes heeft echt bestaan, net zoals haar ouders en haar vijftien broers en zussen, tot het wisselkind Livina toe. Ook alle nonnetjes uit het klooster van Sint-Trudo en de meeste personages in *Onrustvlinder* zijn ooit mensen van vlees en bloed geweest: Thomas Boyd, Prinses Mary, Tommasso Portinari, Pieter (Petrus) Christus... Van Seppe en Luigi heb ik in geen enkel archief een spoor teruggevonden, wat niet uitzonderlijk is: middeleeuwse kronieken berichten immers nooit over arme straatjochies.

Hoe het verder ging met Lowyse Adornes

Lowyse werd non toen ze amper twaalf was; leefde een heel lang en waarschijnlijk heel rustig kloosterleven. Veel is er niet over haar bekend. Het zou kunnen dat ze de auteur is van een kort manuscript dat *De kleine kroniek* heet en over de lotgevallen bericht van de bewoners van de abdij tussen 1476 en 1483. Dat manuscript wordt nu bewaard in de Albertina-bibliotheek in Brussel. Lowyse werd erg oud en stierf in 1540, op de – voor die tijd – hoge leeftijd van 83 jaar.

Wat er gebeurde met haar vader, Thomas Boyd en Prinses Mary

De reis van Anselm Adornes, haar vader, naar het Heilige Land duurde nauwelijks een jaar en drie maanden. In april 1471 kwam hij weer thuis, maar vertrok kort daarna met een vrijgeleide van Karel de Stoute naar het hof van James III. Hij begeleidde Thomas Boyd en Prinses Mary Stewart, de zus van Koning James. Prinses Mary kreeg gratie van haar broer en mocht in Schotland blijven. Thomas Boyd moest meteen weer naar het vasteland vluchten. James III was Adornes blijkbaar zeer dankbaar voor de goede zorgen voor zijn zus want hij schonk hem heel wat landgoed, waaronder ook een groot gebied dat eigendom geweest was van de Boyds. Mary huwde enkele jaren later opnieuw – sommigen zeggen: onder dwang van haar broer – en kreeg twee kinderen. Thomas Boyd stierf in onopgehelderde omstandigheden in Antwerpen rond 1474. Tussen 1471 en 1483 bleef Anselm Adornes diplomatieke missies vervullen voor zowel de Schotse koning als de Bourgondische hertog. Na de dood van Karel de Stoute in 1477 kreeg Adornes echter ernstige problemen met de stad Brugge. Hij werd onder andere van corruptie beschuldigd en samen met baljuw Jan De Baenst publiek gemarteld en vernederd. Daarna verbleef hij meer en meer in Schotland, zeker na de dood van zijn vrouw rond 1480. Hij zou er een onecht kind gehad hebben en volgens sommige Schotse bronnen zou hij er zelfs permanent zijn gaan wonen.

In1483 werd hij tijdens een missie in opdracht van James III in een hinderlaag gelokt en vermoord, een moord die nooit is opgehelderd.

Zijn hart werd volgens de beschikkingen in zijn testament overgebracht naar de Jeruzalemkapel in Brugge en daar plechtig begraven. De graftombe van hem en zijn vrouw neemt er na vijf eeuwen nog steeds de centrale plaats in.

DE INWONERS VAN SINT-TRUDO

Net zoals van Lowyse, weten we van haar vriendinnen en de andere inwoners van het klooster meestal niet veel meer dan de datum waarop ze in het klooster traden en de datum van hun overlijden.

Lowyses beste vriendin, **Barbele (Barbara) Bane** werd ook oud voor die tijd: 79 jaar. Zij stierf dus toen Lowyse al 76 was. Ik wil wedden dat ze samen nog heel veel kattenkwaad hebben uitgehaald. Die verraadster van een **Clara Michiels** werd nog ouder: 90 jaar. Ze stierf twee jaar eerder dan Lowyse. Kleine **Walburgis van Meulebeke**, die intrad in 1475, werd slechts 40. **Elisabeth en Anne 's Vooghs** werden allebei non in 1473, maar Elisabeth stierf al in 1490 toen ze pas 34 was, Anna overleefde tot 1515 en was 57 toen ze stierf.

Van **Josina 's Witte** weten we heel zeker dat ze in het scriptorium van de abdij werkte, want een stuk tekst van haar wordt nog steeds in het abdijarchief bewaard. Zij overleed in 1494 toen ze 44 was.

Pieternelle van Aertrycke was een heel belangrijke en heel geliefde abdis en zorgde van 1456 tot aan haar dood in 1476 voor fundamentele hervormingen in de kloostergemeenschap.

Catharina van Houboke was de priores onder mevrouw van Aertrycke. Ze werd 75 jaar oud en stierf in 1497. Ik heb er geen idee van of ze echt zo'n slecht karakter had!

Jacomine Terdelans was eerst schooljuf en novicen-meesteres en werd abdis na de dood van mevrouw van Aertrycke. Van haar weten we ook dat ze erg graag gezien was.

Nicht **Amplunie (Appolonia) Masins** was eerst zieken-zuster en werd na mevrouw Terdelans zelf abdis. Ze is heel oud geworden, maar hoe oud precies is niet bekend.

En dan is er dat rare geval van **Jacomina Vinckx**. Zij 'ontsnapte' uit de abdij in 1458 en was 10 jaar lang abdis in Gistel om in 1469 terug te keren naar Sint-Trudo nadat ze daarginds wegens haar wanbeleid uit haar ambt ontzet was. Een groot schandaal in die tijd, dat uitgebreid in kronieken beschreven werd.

Ten slotte is er nog **Symoen Harent**. Hij was daadwerkelijk timmerman en klusjesman van de abdij. Volgens de beschrijving die ik van hem terugvond, was hij een zeer eerbaar en geliefd vakman. Hij overleed pas in 1474 en werd met veel eerbetoon begraven in de kerk van het klooster. Mijn excuses, Symoen Harent, maar ik had nu eenmaal ook een booswicht nodig en met een naam zoals de jouwe...

Verklarende woordenlijst

Abdis: hoofd van een vrouwelijke kloostergemeenschap. Zij werd voor het leven gekozen.

Abecedarium: een verzenboekje om het alfabet uit te leren lezen en schrijven, waarbij elke letter met een nieuw versje wordt aangeleerd.

Aisement: middeleeuws toilet.

Aluin: beitsmiddel gebruikt bij het verven, een kristalsoort die de Italianen onder andere uit Syrië invoerden tegen hoge prijzen. Aluin zorgt ervoor dat de vezels van een stof de verf beter opnemen.

Badstoof: openbare badplaats in de middeleeuwen met een vaak bedenkelijke reputatie, omdat sommige voor zowel vrouwen als mannen toegankelijk waren.

Baljuw: ambtenaar in dienst van de hertog die over een groter rechtsgebied verantwoordelijk was dan een schout. Jan De Baenst was baljuw van Brugge in 1469.

Boetekleed: een kledingstuk waarvan de ruige haren tegen de blote huid werden gedragen bij wijze van boetedoening.

Broederschap: een religieuze vereniging van edelen en gegoede burgers die regelmatig bijeenkwam om te bidden en zich te buigen over politieke, religieuze en sociale problemen.

Petrus Christus en Anselm Adornes waren lid van de
Broederschap van Onze-Lieve-Vrouw van den Drogen Boom.

Ce qu'on fait a catimini/Touchant multiplicamini: Frans/Latijns
spotlied, over ongewenst zwanger worden. De auteur ervan is
Gilles Joye, een West-Vlaamse geestelijke die ook muzikant
was. In het liedje vinden we ingenieuze woordspelingen op
Franse en Latijnse woorden die blasfemisch en dubbelzinnig
waren. *A catimini* betekent zowel 'in het geniep' als
'menstruatie' en *touchant multiplicamini* 'in verband met de
vermenigvuldiging'. Ik heb er in het boek een heel vrije
vertaling van gemaakt.

Dionysus de Kartuizer (1402-1471): vermaard lid van de
Kartuizerorde, een geleerde en denker die grote invloed
uitoefende als raadgever over het religieuze leven.

Dormter: slaapzaal.

Gabbe: gapende wonde gemaakt door een mes of een bijl.

Groten (mv.) / groot (enk.): vijftiende-eeuwse munteenheid
die gebruikt werd in Brugge.

Gruutbier: bier gebrouwen van water en granen en op smaak
gebracht met een kruidentuiltje, 'gruut' genaamd. In dat
kruidentuiltje zaten verschillende kruiden zoals gagel (een
lage struik die in de voedselarme moerassen van de Kempen
groeit), rozemarijn, duizendblad, laurierbessen, salie.

Heer Pieter: zie Pieter Christus.

Heidens wondkruid: verschillende soorten kruiden van het geslacht guldenroede, planten die voorkomen langs de bosranden. Het verse kruid moest in zalf of olie gemengd worden.

Hertog Karel: Karel de Stoute (1433-1477), toenmalige heerser over het hertogdom Bourgondië.

Hozen: lange kousenbroek zonder voeten, voor de mannen.

In *nomine patris et filii*: in naam van de vader en de zoon.

James III van Schotland (1451-1482): hij was pas 9 jaar toen hij de Schotse troon besteeg onder het regentschap van zijn moeder. Toen deze stierf, nam de Boyd-clan het regentschap en de macht over. Zij arrangeerden ook zijn huwelijk met Margareta van Denemarken in 1469. Dat was hun laatste machtsdaad. De Boyds vielen in ongenade en werden vervolgd. Koning James zelf leidde een leven vol schandaaltjes en werd uiteindelijk vermoord.

Kapittel: vergadering van de kloosterzusters van Sint-Trudo waarin alle belangrijke zaken besproken werden.

Kapittelschool: Latijnse school verbonden aan een collegiale kerk (kerk met kanunikken) zoals Sint-Donaas.

Kapittelzaal: plaats waar de kapittelvergaderingen werden gehouden.

Klappei: kwaadspreekster.

Kloffers: soort klompen.

Kolfdragers: de mannen van de schout: politiemacht onder rechtstreekse leiding van de schout. De mannen maakten zich namelijk kenbaar door het vertoon van een kolf, waarop het Vlaamse wapen zichtbaar was.

Kwatong: kwaadspreker(ster).

Laken: dikke stof gemaakt van wol. Hieruit werd de winterkledij en de kledij van de gegoede burgers gemaakt.

Lauden: koorgebed rond 1 uur 's nachts. Zie ook: metten.

Linnen: combinatie van vlas en katoen, gebruikt voor zomerse kledij en kledij van de minder gegoeden.

Lodewijk van Gruuthuse (ca.1422-1492): peetvader van Lowyse Adornes. Zeer rijke en machtige Brugse edelman, had het monopolie over het gruut en verdiende daar veel geld mee. Daarnaast was hij vertrouwensman en strateeg in dienst van de hertogen van Bourgondië. Zijn woning kun je nog altijd bezoeken: het is nu het Gruuthusemuseum.

Magelaes: nee, niet de beroemde ontdekkingsreiziger Ferdinand Magelaes (1480-1521), maar wel een telg van dezelfde Portugese zeevarende familie. Hij zou een oom of grootoom van Ferdinand geweest kunnen zijn.

Mea culpa, mea maxima culpa: door mijn schuld, door mijn grote schuld.

Meekrap (*rubia tinctorum*): een sterbladige, hoge plant waarvan de wortels gebruikt werden om stoffen te verven. Deze plant vind je niet meer in Vlaanderen terug, behalve in gespecialiseerde plantentuinen.

Meers: vochtig grasland.

Memling, Hans (ca. 1430-1494): kunstenaar, van oorsprong een Duitser, woonde in Brugge sinds 1465 waar hij carrière maakte met altaarstukken en portretten die tot op vandaag geroemd worden om hun schoonheid en perfectie. Hij schilderde onder andere het portret van Portinari en zijn echtgenote.

Metten: koorgebed rond middernacht, ongeveer een uur later gevolgd door de lauden. De andere koorgebeden waren: de priem (rond 5 uur 's morgens), de terts (rond 7 uur 's morgens), de sext (rond 10 uur 's morgens), de noon (rond de middag), de vespers (rond 15 uur) en de completen (rond 18 uur).

Mijt: koperen muntstuk met de waarde van 1/24 van een groot.

Ochtendmis: elke morgen werd er na de terts een eucharistie-viering gehouden.

Onrustvlinder (*Macroglossum stellatarum*): ook kolibrievlinder of meekrapvlinder genoemd. Het is een nachtvlinder die overdag actief is, ze heeft een lange tong en is in staat om stil te hangen in de lucht bij een bloem tijdens het opslurpen van nectar.

Pieter (Petrus) Christus: kunstschilder, werd burger van Brugge in 1444. Zijn bekendste werk is *Portret van een jong meisje*, dat me inspireerde voor mijn beschrijving van Lowyse. Wie het meisje op het schilderijtje echt is, weet niemand.

Portinari, Tommasso (ca. 1432-1501): filiaalhouder van de Italiaanse De Medici-bank in Brugge van 1465 tot 1478. In 1470 huwde hij met Maria Bandini-Baroncelli. Zij was niet ouder dan 16, hij minstens 38. Op het portret dat Memling in 1470 van hem schilderde is er heel duidelijk een litteken in zijn kin te zien.

Priem: koorgebed rond 5 uur 's morgens.

Priores: de secondante van de abdis met wie de abdis alle belangrijke beslissingen moest overleggen.

Rosmolen: een molen aangedreven door een paard (ros).

Schout: ambtenaar in dienst van de hertog en verant- woordelijk voor het toezicht over de stad. Hij beschikte over een eigen politiemacht die men meestal kolfdragers noemde.

Schuldkapittel: tijdens die wekelijkse vergadering beleden de zusters hun tekortkomingen ten opzichte van de andere zusters.

Scriptorium: vertrek in een klooster waar handschriften vervaardigd en overgeschreven werden.

Silentium: een regel die gold en soms nog steeds geldt in abdijen en kloosters: er mag niet gesproken worden, tenzij op vooraf bepaalde tijdstippen.

Sinksen: Pinksteren.

Sint-Donaas: de Sint-Donaaskerk: de grafelijke kapittelkerk op de Burg, vanaf 1559 ook kathedraal. Ze werd afgebroken in 1799. Aan deze kapittelkerk was ook een kapittelschool verbonden.

Steen: bouwwerk van steen; groot herenhuis.

Stuiver: muntstuk ter waarde van twee groten.

Terts: koorgebed rond 7 uur 's morgens.

Tonsuur: een kale plek die op het hoofd van religieuzen werd geschoren als teken van toewijding aan God.

Tresoor: middeleeuwse kast op hoge pootjes, meestal met twee kastdeurtjes.

Uitterende ziekte: tering.

Van Eyck, Jan (ca. 1390-1441): Vlaams kunstschilder en naast Rogier van der Weyden de voornaamste vertegenwoordiger van de Vlaamse Primitieven. Hij was onder andere hof-schilder van hertog Filips de Goede, de vader van Karel de Stoute. Voor de familie Adornes maakte hij twee identieke schilderijtjes, *De stigmata van Sint-Franciscus*. Zijn bekendste werk is *Het Lam Gods*.

Verlucht: versierd met initialen en miniaturen in kleur en verguldsel, geïllustreerd.

Wede (*isatis tinctora*): hoge plant met gele bloemen en lange bladeren waaruit een blauwe verfstof werd getrokken via een ingewikkeld proces van fermentatie.

Windas: lier, werktuig met een horizontale as gebruikt om zware lasten op te hijsen of te verplaatsen.

Wisselkind: duivelskind.